『ダーティペアの大復活』

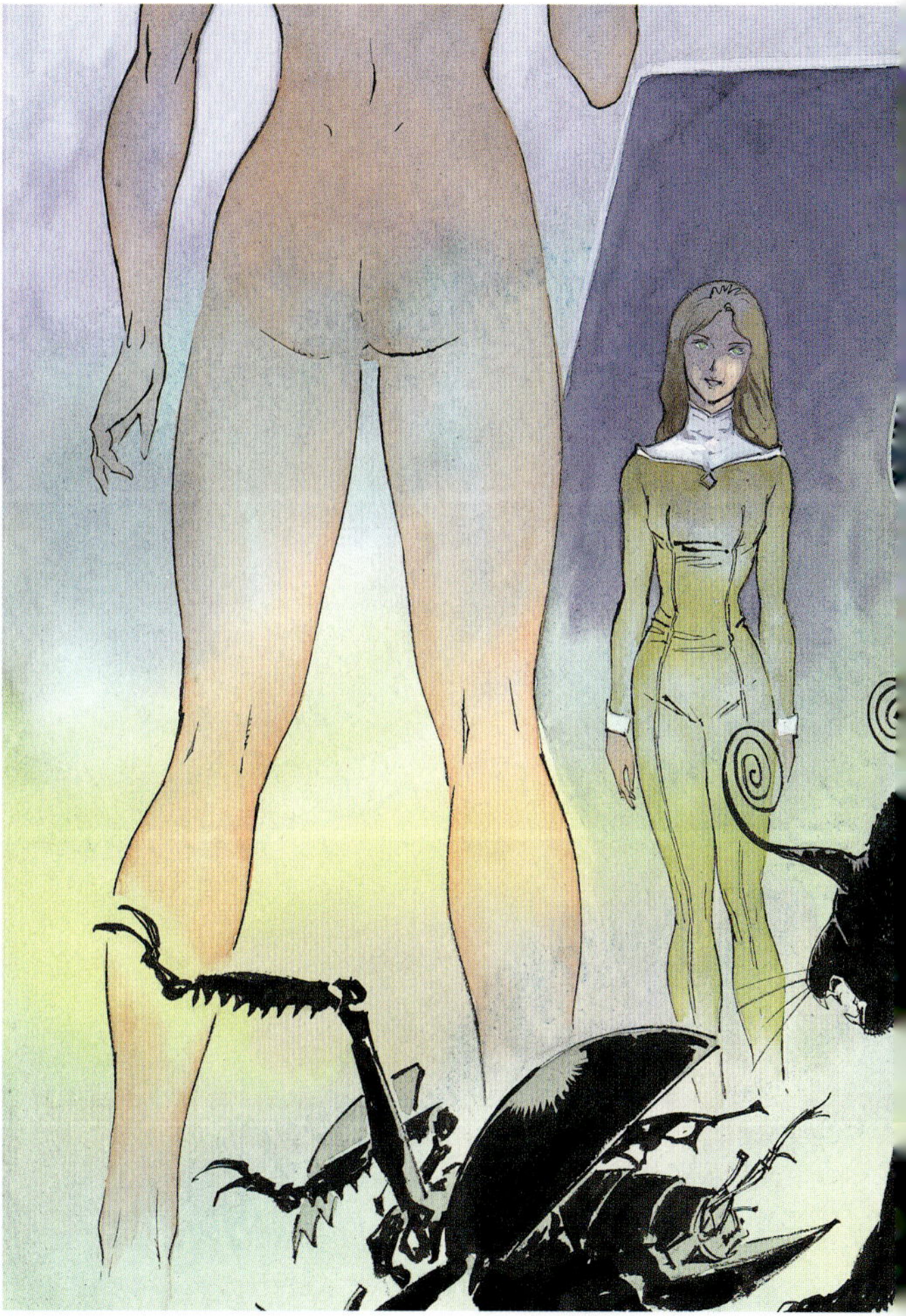

ムギが低いうなり声を発した。
「あんた、誰？」ユリが訊いた。（31ページ参照）

ハヤカワ文庫 JA

〈JA876〉

ダーティペア・シリーズ〈5〉

ダーティペアの大復活

高千穂　遙

早川書房

6005

THE SECOND ADVENT OF DIRTYPAIR

by

Haruka Takachiho

カバー／口絵／插絵

安彦良和

目次

ダーティペアの大復活

第一章　なんで、いまごろ起こすのよ

1

誰かがあたしを呼んでいる。必死に、必死に呼んでいる。

うっさい。うっさい。うっさい。

あたし、眠いのよ。ものすごく熟睡しているのよ。だから、静かにしてくんない。無理に起こす必要はないの。このまま、ずうっと寝かせておいて。

あたしは身をよじった。

声が響く。

陰々滅々とした不快な声が、あたしの頭の中でうおんうおんと反響する。

「起きてください」

「目をあけてください」

「意識を戻してください」

ひたすら、うっさい。

眠いったら、眠いんだ。気持ちよく眠っているあたしを強引に起こしても、いいことは何もないぞ。爆発する怒りの炎を浴びて、全身黒焦げになるのが関の山だぞ。

「お願い。起きて」

口調が哀願のそれに変わった。けっ。甘いね。いくらお願いされても、あたしは起きない。あたしを誰だと思っているんだい？　WWWAのケイだよ。犯罪担当の凄腕トラブルコンサルタント、略してトラコンで、コードネームはラブリーエンゼル。綽名は……ない。きっぱりない！　絶対にない。

「起きてください。ダーティペア」

声が言った。思いっきりダーティペアと言った。

ダーティペアですって！

誰がダーティペアなの？

それ、うちらのことと違う。

「ざけんじゃないわ！」

叫んでしまった。

反応してしまった。

おまけに、目まであけてしまった。

いきなり、目の前が明るくなった。

あ、まずい。と思ったときには、もう遅い。

あたしの大きな瞳がぱっちりとひらいている。なんということだ。あんな理不尽な呼びかけに、このあたしがうっかり反応してしまった。

最初に目に映ったのは、真っ白な壁だった。

いや、そうじゃない。これは天井だ。あたしは仰向けに寝ている。手足をまっすぐに伸ばし、やたらと狭いところに押しこめられて、あたしは視線を天井に向けている。──って、ここはどこだよ？

あたしは少しだけ首を左右に動かした。片方三十度くらいずつかな。

すぐ近くに、仕切り板があった。なるほど。それで、ちょっとだけ状況の察しがついた。

あたしは半円形の細長いカプセル状の台の底に横たわっている。そういえば、さっきは気づかなかったけど、やはり断面が半円形の透明な蓋のようなものが、あたしの視界の端にある。あたしの足もとにヒンジがあり、それが上方に跳ねあがったという感じだ。あの蓋が閉まると、あたしは円筒の筒の中に閉じこめられる。

この筒は何か？

冷凍睡眠のカプセルだ。

なぜ、こんなものの中にいるのだろう。

ぼんやりと、そう思った。

ゆっくりと記憶が甦ってくる。深い霧で覆われた、あたしの頭の中。その霧が急速に薄くなった。さまざまなシーンが、つぎつぎと浮かぶ。ばらばらになった記憶の断片だ。

それがすごい勢いでつながっていき、ひとつの物語として組みあがっていく。なんとなく、ジグソーパズルに似ている。

完成した。

記憶のジグソーパズルが。

思いだした。

あたしたちは、オフィーリアという惑星にいた。

てんびん座宙域にある惑星国家だ。

そこで事件が起きた。オフィーリアの聖エルモ学園で、正体不明の疫病が蔓延した。

聖エルモ学園は良家のお嬢さまだけを集めた超名門女学校だ。そこの生徒たちがつぎつぎと倒れ、絶命しはじめた。

うろたえた学園の学長が、この件をWWWAに提訴した。訴えを受けたWWWAのメインコンピュータは、なぜか、この件に医学トラコンではなく、犯罪トラコンであるあたしたちの派遣を決めた。

あたしと相棒のユリは、この事件の真相を突きとめた。

犯人は、先史文明の遺物だった。どれくらい前のことかはわからない。とにかく、気が遠くなるほど大昔、オフィーリアにいた高等知的生命体がなんらかの理由で滅びた。滅びるとき、かれらはひとつのシステムをつくった。そのシステムに、かれらは遠い将来のかれらの復活を託した。

高等知的生命体の名はン・ガッファ。システムの名はグ・ジッフス。

グ・ジッフスは、ン・ガッファのDNA情報を移植したウイルスを保存、管理してきた。オフィーリアにあらたな知的生命体が発生したら、グ・ジッフスはそのウイルスをかれらに感染させる。ウイルスは知的生命体の中で増殖し、やがてはン・ガッファのDNA情報がその生命体の肉体を完全に奪う。

それはつまり、ン・ガッファの復活だ。

ウイルスの感染は、大きなリスクを伴った。相当数の少女が感染と同時に多臓器不全を発し、生命を失した。また、多くの少女が細胞増殖による形態変化を起こして、異形の怪物となった。なんらかの副作用なしでン・ガッファとなった者は、かぞえるほどしかいなかった。

そのひとりが、パミーナという少女だった。

みごとな手腕で、この事件を解決に導いたあたしたちは、嵐のような賞賛の声に包まれ、愛機〈ラブリーエンゼル〉でWWWAの本部に帰還しようとしていた。宇宙港に行き、離着床に向かった。

そこで、あたしたちは襲われた。襲ってきたのは、消滅したはずのグ・ジッフスだった。

追われるように、あたしとユリとムギは〈ラブリーエンゼル〉に搭乗した。操縦室に行くと、先客がいた。

パミーナだった。

〈ラブリーエンゼル〉が発進し、オフィーリアの大気圏外へとでた。めざす先は、オフィーリアの衛星、ミランダ。そこにン・ガッファの基地がある。そこで再び、ン・ガッファ復活計画を発動させる。パミーナはあたしたちに向かい、そう言った。

あたしたちは、その目論見を叩きつぶした。なめんじゃないわ。あたしたちを誰だと思っているの。

鮮やかな逆転劇で、あたしたちは〈ラブリーエンゼル〉の自爆装置を起動させ、シュータ一と呼ばれる小型艇で船外に脱出した。これで〈ラブリーエンゼル〉もろとも、ン・ガッファもグ・ジッフスも吹き飛ぶ。今度こそ間違いなく、この一件のかたがつく。

完璧な決着を信じて、あたしたちは〈ラブリーエンゼル〉から離脱した。

ところが、とってもまずいことに、事態はそのように推移しなかった。

ン・ガッファが最後の抵抗を見せたのだ。

〈ラブリーエンゼル〉の制御を取り戻し、船体を回頭させた。

オフィーリアの衛星軌道には連合宇宙軍の艦隊がいた。事件の後始末をするため出動した大艦隊である。

その艦隊めがけて、自爆へのカウントダウンをはじめた〈ラブリーエンゼル〉が突き進んでいく。むろん、連合宇宙軍の艦隊はそれを阻止しようとしない。〈ラブリーエンゼル〉は、WWWA所属の宇宙船だ。よほどおかしな行動をとらない限り、警戒すらすることはない。

大艦隊のただなかで、〈ラブリーエンゼル〉が爆発した。

大艦隊は全滅し、あたしたちのシューターもその爆発に伴う熱核プラズマの膨脹に巻きこまれかけた。

やむなく、あたしたちはシューターをワープさせた。シューターは小型艇だが、小さなワープ機関を搭載している。一度きりしかできないワープだけど、それでもこういうときには役に立つ。

ワープアウトした。

オフィーリアという大質量の近くでワープしたため、ワープポイントがずれた。あたしとユリは、どことも知れぬ宇宙空間に放りだされた。ムギも一緒だ。シューターはもう飛べない。

あたしたちは宇宙の迷い児となった。

このままだと、生体維持システムが力尽きる。

あたしたちに残された選択肢は、ただひとつしかなかった。

救難信号を発して冷凍睡眠に入り、救いの手を待つ。

それだけだ。

目覚めるのがいつになるのか？

それは誰にもわからない。

冷凍睡眠プログラムが動きだし、あたしとユリは意識を失った。

深い闇が、あたしたちを包んだ。

2

あたしはゆっくりと上体を起こした。

どれくらい眠っていたんだろう。

そう思いながら、両手で左右の仕切り板をつかみ、えいと力をこめた。

胸が揺れる。とってもいい形の、豊かなふたつの乳房。小さなピンクの乳首が、つんと上を向いている。

なんですって！

あたしはあわてて両腕をまわし、自分で自分のからだを抱えこんだ。

せっかく起こした上体が、うしろに向かって倒れそうになる。

むりやり腰を折り、前かがみになった。胸もとの深い谷間が、あたしの視界いっぱいに広がった。

ぎゃあ。

そのときわかった。

あたし、下半身も完全に剝きだしになっている。

全裸だ。

真っ裸である。布一枚、糸一本、身につけていない。

まるでルネサンスの画家が描く、ヴィーナスの誕生みたい。美の化身の肉体が、いま生まれたままの姿で、これでもかと人の目にさらされている。

人の目？

あたしは周囲を見まわした。きょろきょろと左右上下に首を振った。

白い部屋。壁も天井も真っ白。淡く輝いている。たぶん、発光パネルだろう。素材そのものが照明装置を兼ねている。

誰もいない。

人影が、どこにもない。

なんでえ？

あたしはシューターの中で冷凍睡眠状態に入った。

でも、このカプセルは違う。小型の宇宙船ではなく、専用の冷凍睡眠装置だ。

ということは。

宇宙空間を漂っていたシューターを回収し、その中で眠る麗しき乙女（あたしのことだよ）を、誰かがこのカプセルへと移した。移してから、覚醒操作をした。ついでにいえば、移すときに服を脱がせた。あたしのすてきなコスチュームをむりやりひんむき、艶やかなお肌を勝手にあらわにした。

どこかにいる。

そういうことをしたやつが、この部屋のどこかにひそんでいる。いや、外部から、この部屋の様子をうかがっているのかもしれない。なんにせよ、そんなやからが、必ずいずくかにいる。

あたしはそおっと立ちあがった。

足を伸ばし、カプセルの外にだす。

仕切り板を越え、床の上に降りた。感触は金属のそれだった。でも、冷たくはない。ほどよいぬくもりがある。

冷凍睡眠カプセルの横に、あたしは立った。声が聞こえる。

「起きてください」

「目を覚ましてください」

起きたよ。目も覚ましたよ。ったく、うっさいんだからぁ。

右手の壁に何かがあった。ちょうど、あたしの背の高さくらいの位置だ。置かれている。あるいは、そこに飾られている。

何かが。

あたしは歩いてみた。ゆっくりと、慎重に歩を運んだ。ふらつくかもと思っていたが、そういうことはない。あたしのすらりと長い脚は、ちゃんとあたしの体重を支えていてくれる。

壁の前に着いた。白い壁だ。そこに、火器がいくつか並ぶ。

火器だ。間違いなく本物の。

レイガン。ヒートガン。ビームライフル。接着剤で貼りつけられているんだろうか。

フックや棚のようなものは見当たらない。

でも、どうして、こんなものがあるの？　ほかに飾ったり、用意したりしなくちゃいけないものがあるでしょ。

あたしが着るための服とか。化粧品とか。鏡とか。バッグとか。宝石とか。飲物や食事とか。金塊とか。

あたしは、いま一度、首をめぐらした。

背後に、あたしが横たわっていた冷凍睡眠カプセルがある。カプセルの一方は、太い柱につながっている。直径は三メートルってとこだろうか。多角形の白い柱である。

そこで、あたしは思いだした。

あたしには相棒がいる。

ユリだ。

どじで、まぬけで、ぶりっ子で、何をさせても、常にワンテンポ遅れる、実にもう厄介な相棒のユリだ。

声がまだ響いている。

「起きてください」

この声は、あたしに向けられたものではない。あたしはもう起きた。

これは、ユリを起こそうとしている声だ。あたしは、そう判断した。

柱の向こう側だ。そこにユリがいる。

ユリは寝起きが悪い。目覚ましが鳴っても、まったく起きない。いつまでもいつまでも、ぐだぐだと寝ている。睡眠に意地汚い。それがユリだ。したがって、あれだけ呼びかけられても目を覚ますことはない。絶対にまぶたをひらかない。えんえんと眠りつづける。

あたしは柱の反対側に移動しようとした。

壁から離れ、ななめ前方に進む。裸だけど、寒くはない。室温は二十五、六度くらいだろうか。空調はほぼ完璧だ。湿度も適切である。

カプセルが見えた。蓋がひらいているのかどうかは、まだわからない。

音がした。

甲高い金属音だった。

音の源は。

頭上だ。

あたしは視線をあげた。天井を振り仰いだ。

ひらいている。天井が矩形に。

純白のパネルの一部が異様に黒い。そのあたりがぱっくりと割れ、左右にスライドした。そして、そこに漆黒の口が生まれた。

さらに音がつづいた。うなるような低い音だ。いわゆるハム音に似ている。影がでてきた。子供のこぶし大の影。数が多い。矩形の口から、いっせいに湧きだした。

うわーんとうなりながら、影が揺れる。

この音は、羽音だ。空飛ぶ昆虫の風切り音である。

あたしの肌が総毛立った。背すじがざわつく。

これってば、おっきな羽虫の集団？

あたしの腰が引けた。視界を無数の影がよぎる。

きらりと光った。鈍い燦《きらめ》きだ。

生物じゃない。

直感的に、そう思った。これは昆虫に似ているけど、本物の昆虫じゃない。その姿を真似てつくられたロボットだ。

空中で、昆虫型ロボットの群れが大きく広がった。あたしを囲むように展開する。

殺気を感じた。

こいつら、あたしを狙っている。何かする気で、あたしに向かってくる。

あたしは跳んだ。両の足で強く床を蹴り、右手にひらりと身を躍らせた。

つぎの瞬間。

光条が疾《はし》った。

糸よりも細いビームがあたしのいた場所をえぐった。数十条のビームだ。昆虫ロボットの頭部から、ほとばしった。

床が融ける。煙があがり、いやな臭いがあたしの鼻をつく。

あたしは床の上をごろごろと転がった。裸だから、肩やら腰やらが痛い。でも、それを気にしている余裕はない。あたしは逃げる。必死でビームをかわす。

壁に足がぶつかった。あたしは膝を折り、手で床を叩いた。

思いっきり、ジャーンプ！

勢いよく、からだが伸びた。目測はぴったし。十センチとずれていない。

あたしの右手が、ヒートガンを捉えた。壁に貼りつけられていたやつだ。グリップを握り、銃身を壁から引きはがした。

手応えがない。ヒートガンはあっさりと壁から離れ、あたしの手の中におさまった。

親指で安全装置を解除し、人差指をトリガーボタンにかける。と同時に、上体をひるがえす。いま一度、床に身を投げ、反転する。

撃った。天井めがけ、ヒートガンを乱射した。

邪悪な黒雲のように広がる昆虫ロボットの集団が、ヒートガンの熱線に包まれた。

燃えあがる。破裂する。微塵に砕け、四散する。

ビームがきた。予想外の角度から飛んできた。あたしはあわてて床を這った。だめだ。照準が甘い。攻撃に対する反応がいまいちで、あらぬところを撃ってしまう。無理もない、長い冷凍睡眠から目覚めたばかりなんだよ。いかに優秀なトラコンであるあたしでも、この状況でパーフェクトに動くのは、不可能だ。多少はミスをする。タイミングがずれる。動きがぎくしゃくする。

電撃がきた。

ビームじゃなかった。数万ボルトの放電だ。あたしを包囲した昆虫ロボット数体が、連携して電撃を放った。

全身が痺れる。

というか、巨大なハンマーで殴られたような衝撃だ。文字どおり、目から火花が散る。さすがに、足が止まった。からだが硬直し、ばったりと床に落ちた。手足に力が入らない。完全な虚脱状態に陥った。

仰向けに転がる。ヒートガンを構えたい。でも、だめ。腕があがらない。いや、腕どころか、指一本、動かせない。

昆虫ロボットがくる。その姿が、あたしの視界いっぱいに広がる。大きな鎌を二本、複眼の横に振りかざして宙を舞う、カマキリ型のロボットだ。あたしに向かい、まっすぐに突進してくる。とてもじゃないが、いまのあたしにはそれをかわせない。

「いやあっ！」

あたしは悲鳴をあげた。

3

鋭い光が、あたしの視界をよぎった。一直線に疾り、その光はカマキリロボットを刺し貫いた。

爆発する。あたしの眼前で。

反射的に、あたしは顔を覆った。さらに、床に伏せた。だめ。あたしの艶やかなお肌に傷をつけちゃだめ。

くぐもった爆発音のあとに、爆風がきた。そのあとに、ばらばらと破片が降ってくる。

「ケイっ」

声が凜と響いた。おお、そのやけに耳に障るきんきんとした声は。

「下腹でてるわね」

ユリ！

あたしはヒートガンを構え直した。麻痺していたからだは、ユリの一言を聞いて動くようになった。あんですって？ あたしのおなかがでてる。んなことないわよ。ずえったいにない。体脂肪率は十五パーセント以下よ。……たぶん。

などと、クレームをつけているひまはなかった。

昆虫型ロボットは、まだたくさん残っている。ぜんぜん片づいていない。

また光条が燦いた。

ビームだ。ユリが連射している。その手に握られているのは、小型のレイガン。どっから持ってきたんだよ、それ（あとでわかった。反対側の壁にも、こちら側と同じように火器が飾ってあったのだ。ようやく目覚めたユリはそれをもぎとり、こっちのほうにまわってきた）。

素早く横に移動しながら、ユリは昆虫型ロボットをつぎつぎと仕留めていく。もちろん、ユリも真っ裸だ。なーんにも着ていない。動くたびに、胸が揺れる。高級磁器のようになめらかな肌が、ものすごく白い。でも、バストのボリュームは、あたしのほうがある。はっきりいってカップのサイズがふたつくらい違う。

あたしはユリに向かって走った。走りながら、ヒートガンを撃った。熱線が拡散するヒートガンは、レイガンの光条よりも、効率がいい。こういう敵を相手にするのなら、やはりヒートガンだよ。あやういところを助けてもらってなんだけど、ユリの選択は、ちょっとピントがずれている。

　あたしとユリは、つぎつぎと昆虫型ロボットを打ち砕いていった。床はもう破片だらけだ。裸足だから、それを踏むとめちゃくちゃ痛い。痛いけど、踏まないと移動できない。

　痛い。痛い。痛い。泣きの涙で、あたしは昆虫型ロボットを焼き払う。

「ケイっ、上！」

　ユリが叫んだ。

　足裏の痛みをこらえ、あたしは頭上を振り仰いだ。

　わさわさわさ。

　そんな音が聞こえてきそうな感じがする。

　びっくりするほどの大群。

　それくらいたくさんの昆虫型ロボットが、陸続と天井の黒い穴から飛びだしてくる。

　いやーん。なんなのよ、いまさら。ユリとふたりで、ようやく、最初にでてきた連中を半減させたのに、これって、どーいうこと？

　ヒートガンを黒雲のごとき昆虫型ロボットの塊の中に撃ちこみ、あたしは前方に大きく転がった。うげげ、破片で背中も腰も痛い。でも、けなげに我慢する。

　ユリが壁の近くにいた。あたしはそこまで移動した。レイガンでユリが援護する。

「起きるの、遅い」ユリと肩を並べ、あたしは文句を言った。

「孤軍奮闘だったのよ」

「ケイは、ひとりでなんでもできるもんね」

さらりとユリは答えた。その口もとには、皮肉を含んだ笑みがある。

昆虫型ロボットが大挙して押し寄せてきた。

あたしとユリは壁を背に、レイガンとヒートガンを撃ちまくった。ばかばかと撃った。

でも、だめ。

まじに多すぎる。ヒートガンを横に薙いでも、必ず撃ちもらしはできる。そいつらがあたしたちに向かって、果敢にも波状攻撃を仕掛けてくる。

あたしとユリは、壁に沿ってじりじりと後退した。背後を衝かれることを警戒してとった位置だが、こうなると、完全に逃げ場がない。

あっという間に、あたしたちは部屋の隅に追いつめられた。

まずい。

ものすごくまずい。

なんとかしなければ。

いや、違う。誰かなんとかしてほしい。ていうか、なんとかしてくれえ！

あたしは、心の中で叫んだ。白い馬に乗った王子様、ここにきてちょうだいと、強く念じた。

念じれば、通じる。
なんとかなった。
すさまじい轟音が、あたしの耳をつんざいた。
どっかーんという爆発音だ。
同時に、壁が崩れた。
文字どおりこなごなに砕け、瓦礫がそこらじゅうに飛び散った。
あたしたちのすぐ横だ。コーナーにいるから、まさしく目の前である。
穴があいた。今度は壁だ。いびつな形の穴。直径は一メートルくらいだろうか。
その穴を抜け、黒い影が躍りこんできた。
今度の影は、でかい。数メートルはある。しかも、動きが速い。
「ぎゃわん！」
影が吼えた。吼えて、昆虫型ロボットの集団に飛びかかった。
こっ、これは。
ムギだ。
すっかり忘れていた。あたしたちには第三のパートナーがいた。
クァールのムギだ。全身を黒い体毛に覆われた、大型の猛獣である。
知能は人類とほぼ同じか、それ以上。真空中でも生息可能で、カリウムさえ摂っていれば、何も食べることなく、えんえんと生きる。はっきりいって、どれくらい寿命があるのか、まだわかっていない。それほどに生命力が強い。

クァールは古代文明の産物だった。それを地球連邦の学術探検隊が発見し、捕獲して改良した。高いクローニング技術が使われたというが、詳細は定かではない。とにかく、うちらのムギは、そのクァールの一頭だ。ひょんなことから、あたしたちのペットになり、いつも一緒に行動することになった。

でも、忘れちゃうんだよね。冷凍睡眠でたっぷりと寝てしまうと。

そのムギが、とつぜんあらわれた。ぶ厚い壁も、ムギの前には発泡スチロール同然である。なんたって、四肢の先端から突きだしている爪がすごい。硬くて鋭いのだ。宇宙船の船体に使われている三センチ厚のKZ合金ですら、きれいにスライスできてしまう。あっさりと切り裂かれた壁は、微塵に砕けた。

跳ねまわるムギの耳が小刻みに震える。

ムギの耳は巻きひげ状になっている。この巻きひげを震わせて、クァールは電波、電流を自在に操る。どういう仕組みなんだろう。ぜんぜんわからない。わからないけど、とにかく操っちゃう。

ばたばたと昆虫型ロボットが床に落ちた。制御システムをムギにいじられ、動力装置を殺された。

さらにムギは、肩から生えている二本の触手をぶんぶんと振りまわし、ロボットをはたき落とす。これは、人間の両腕に相当する器官だ。先っぽに吸盤がついていて、道具なんかも器用に扱う。

完全生物。

それが、クァールに冠された呼称だ。ときには、「黒い破壊者」とか「恐怖の殺戮獣」と呼ばれることもある。性格改造で、ある程度は人に馴れるようになったが、怒ると本性がでる。そうなったら、飼主であるあたしたちにも止められない。気が鎮まるまで暴れつづける。狂暴無比の怪物になる。

ほんの数秒だった。

無数にいるのではと思われた昆虫型ロボットが、みごとに全滅した。

「みぎゃーお」

最後の一体を片づけ、ふわりとムギが床の上に降り立った。一啼きし、あたしたちのほうに首をめぐらす。

やったよ。褒めてね。

という、まなざしで、あたしとユリを見た。

ちっ、いいところを根こそぎとられた。

なんて、せこいこと、あたしは言わない。

「よくやったよ。ムギ」

ユリが前にでた。ムギの頭に手を伸ばし、額をてのひらで撫でた。

こらこら。あたしをさしおいて、そんなマネをするんじゃない。先に起きたのはあたしだよ。先に襲われたのも、あたしだよ。

「さすがです」声がした。

「ダーティペア」

忌まわしい名前が、あたしとユリの耳朶《じだ》を打った。

「あんですって？」

あたしとユリはきっとなり、声のしたほうを振り返った。

壁が横にひらいた。ムギがあけた大穴のとなりだ。ぜんぜんわからなかったけど、そこに扉があった。

「目覚めた直後に、この動き」声がつづく。

「感服するしかありません」

女性がひとり、白い部屋の中に入ってきた。

若い女性だった。ブラウンの長い髪が、背後にやわらかくたなびいている。瞳の色は、鮮やかなグリーン。からだのラインがはっきりとでるクリーム色のボディスーツを身につけている。武器らしきものは帯びていない。

女性が、あたしたちの正面に立った。ムギが低いうなり声を発した。

「あんた、誰？」

ユリが訊いた。

4

「わたしの名前はフローラ」女性が言った。

「ドフィーヌのバイオボーグです」

「ドフィーヌって、はくちょう座宙域にある太陽系国家のドフィーヌ？」

あたしが訊いた。

「そうです」

フローラはうなずいた。

「バイオボーグってなんなの？」

今度はユリが尋ねた。

「詳しいことは、後ほどお話します」フローラが、あたしとユリを交互に見た。

「その前に、まず検診をしましょう。シャワーや着替えの服も用意してあります」

検診。シャワー。服。

それで、あらためて気がついた。あたしとユリは起きぬけで、しかも、真っ裸のままだった。

「ここにいるのは、わたしひとりです。ほかには誰もいません」

うろたえるあたしたちの表情を読み、フローラが言った。

「………」

あたしとユリは互いに顔を見合わせた。

どういう状況なのか、まったく理解できない。

「こちらへどうぞ」

フローラがきびすを返した。扉に向かい、ゆっくりと歩きはじめた。

小さく肩をすくめ、あたしとユリは、そのあとにつづいた。

通路を抜け、またドアをくぐった。オレンジ色の光に満たされた小さな部屋に入った。

あたしが先でユリがあと。フローラはドアの前で足を止めた。ムギも通路に留まった。

「指示に従って、進んでください」

そう言われた。

言いなりになるのはちょっといやだが、ムギがフローラと一緒にいる。それに敵意らしいものはぜんぜん感じられない。とりあえず、言われるがままに動いても問題はなさそうだ。

ドアが閉まった。

低い、人工的な声がどこかから流れてきた。

「一メートル以上の間をあけて、前進せよ」

「そのあいだに全身をチェックする」

そんな意味のことを丁寧な口調で言う。

歩を運んだ。五、六メートルほど歩いた。

光の色が変わった。白くなった。周囲も広くなった。

ここは。

シャワールームである。ミストボックスがいくつか並んでいる。どうやら、オレンジ色の光の中をたらたらと歩くだけで検診が終了したらしい。

「シャワーを浴びて、突きあたりのドアに進んでください」

声が言った。

はいはい。

シャワーを浴びた。ジャグジーバスなんかもほしいけど、それはない。ミストボックスに入り、スイッチを押した。

霧が湧きでる。ソープを含んだミストだ。霧は渦を巻き、あたしのからだを隅々まで洗浄する。人間用の全自動洗濯機だね。

すすぎ洗いが終わり、ブロウで水分を吹き飛ばし、ついでにお好みのフレグランスも振りかけてもらって、洗濯……じゃなかったミストシャワーは終了した。

ボックスの外にでると、薄地のバスローブが壁にかけられていた。淡いピンクで、表面に光沢がある。手にとると、びっくりするほど軽い。

バスローブをまとい、帯をゆるく締めた。

「気持ちいーい」

ユリがボックスからでてきた。バスローブを着る。レモンイエローだ。まあ、似合ってないことはないわね。馬子にも衣装かしら。

「右手に行ってください」

また、声がした。

目をやると、右側の壁が扉のようにひらいている。

通路にでた。まっすぐ行って、左。

「どうぞ、くつろいでください」

とつぜん、フローラの声が響いた。首をめぐらすと、少し離れたところにフローラが立っている。

通路の向こうに、ちょっと広めの空間があった。部屋だ。リビングルームのようになっている。壁ぎわにソファが置かれ、部屋全体がやわらかい光に包まれていて、とても明るい。ソファの横に寝そべっているのはムギだ。あたしたちがシャワーを浴びている間に、ここへと移動したのだろう。

「はあい」

ユリがさっさとソファに腰を置いた。ったく、本当に遠慮のないやつだ。

仕方がないので、あたしもユリのとなりにすわった。ムギが、あたしたちの足もとに転がってきた。フローラは立ったままだ。部屋の真ん中でひっそりとたたずんでいる。

「検診結果は、異常なしでした。おふたりとも、完全な健康体です」

最初に、そう言った。

「めでたいわね」あたしが言った。

「でも、これはあたしが予想していた目覚めとは、かなり違っている」

「そうよ。若い男性がひとりもいないわ」

ユリが言った。あたしは右エルボーをユリのみぞおちに叩きこんだ。ユリはうっと呻き、口を閉じた。

「それはそれでいいけど」あたしはフローラに向き直った。

「そんなことより、あたしたちは、これまでの経緯を知りたい。そもそも、あたしたち何年眠っていたの？」

「ざっと三百万年です」

フローラが、さらりと言った。

「！」

あたしの顔から血の気が引いた。それはもう、音を立ててざわっと引いた。

「嘘！」

反射的に叫んだ。ユリも同じだ。ふたりの声がそろった。

「嘘です」

フローラがにっこりと微笑んだ。

「てめえ、いっぺん死ぬか？」

あたしは立ちあがった。それをユリが止めた。あたしの腰にしがみつき、ソファへと引き戻した。

「冗談です」平然とフローラがつづけた。

「重要な話をするときは、まずジョークを飛ばして場の雰囲気をほぐす。これって、会話の原則ですよね」

「原則じゃねーよ」

あたしの腰が、また浮いた。右手が知らず拳を握る。ユリが必死であたしの腕を押さえる。ええい放せ。武士の情。ここで天誅を加えないと、こういうやつは礼儀を覚えない。

「そうでしたか」

しょぼんと肩を落とし、フローラは目を伏せた。なんなんだ、この女は？

「で、本当は何年経ってるの？」

あらためて、ユリが訊き直した。

「おふたりが冷凍睡眠状態に入られたのは、二一四一年ですよね」

おもてをあげ、フローラは確認を求めた。

「ええ」

あたしはうなずいた。

「だとしたら、百五十三年です」

「ひゃ？」

あたしの頬がひきつった。

百五十三年！

三百万年よりはましだけど、やっぱりぜんぜんましじゃない。それは、長すぎる。

「中途半端だわ」

つぶやくようにユリが言った。こらこら、そういう問題ではないだろ。

「古い記録を頼りに、あたしはおふたりを捜索していました」フローラが言葉を継いだ。

「発見したのは、四百時間ほど前のことです。冷凍睡眠装置は、その能力の限界に達していました。そこで、急ぎ回収船内で新しいカプセルにおふたりを移し、こちらに運びこんだのです」

「それから、解凍作業に入ったのね」

ユリが口をはさんだ。

「そうです」フローラはうなずいた。

「作業を慎重に進めるため、解凍には二百時間以上をかけました」

「本当に百五十三年なの？」

ようやく少し落ち着いたあたしが、フローラに向かって訊いた。

「間違いありません」フローラはきっぱりと言いきった。

「あの小型艇の冷凍睡眠装置は、機能のすべてを使い、あらゆる手段を費やして、おふたりの延命をはかっていました。その結果が百五十三年という、ほとんど例のない長期冷凍睡眠の成功につながったものと思われます」

「喜んでいいのか、悪いのか」

ユリがあたしを見た。

「複雑な気分ね」

あたしもユリに視線を向けた。

「とりあえず、WWWAに連絡をとりたいわ」首を小さく横に振り、ユリが言を継いだ。

「あたしたちのこと、覚えているかどうかわかんないけど」

「それは……」

フローラの表情が曇った。

「それは？」

また、あたしとユリの声がそろった。

「無理です」

「無理ぃ！」

「無理なんです」フローラのまなざしが心なし鋭くなった。

「もう、そんな組織はどこにも存在していないので」

な、な、な、な、
なんですってぇ！

WWWAがなくなったぁぁぁ！

あたしの目の奥で閃光が燦いた。

意識がすうっと遠くなっていった。

5

「ケイ!」

ユリがあたしのからだを支えた。それで、失神を免れた。繊細さに欠けるユリは、こういうときでも大きなショックを受けない。けっこう平然としている。こまやかな精神の持主であるあたしは、そうはいかない。

「WWWAがなくなった」

あたしは茫然としている。

「WWWAだけではありません」フローラが、さらに衝撃的な言葉をつづけた。「人類そのものが滅亡しています」

がーん。がーん。がーん。

鐘が鳴る。あたしの頭の中で、誰かが巨大な鐘を打ち鳴らしている。

人類が。

滅亡。

「やだあ。もう冗談は要らないのよ」うわずった声で、ユリが言った。「素直に本当のことだけを聞かせて」

あのユリにして、唇が震える。頬がひくひくとひきつる。

「ジョークではありません」真顔で、フローラが答えた。

「あなたがたおふたりは、わたしが八十一年ぶりに会う生きた人類です」

「生きた人類って、じゃあ、あなたはなんなのよ？」

ユリが訊いた。

「先ほど言いました。わたしはバイオボーグです」

「それって」なんとか気をとり直し、あたしは口をひらいた。

「もしかして人工生命体か何か？」

「そうです」フローラは小さくうなずいた。

「クローニングによって産みだされたミュータントをサイボーグ化した人造生物。それがわたしです」

「…………」

あたしとユリは言葉を失った。互いに顔を見合わせ、大きく目を見ひらいている。

「大きな戦争がありました。禁断の兵器を用いた全銀河系規模の大戦争です。数十年にわたって戦争はつづき、人類は致命的なダメージを負いました」

「…………」

「滅亡寸前にまで追いつめられた人類の一部の人びとが、将来のことを考え、生き延びるために、自身の肉体を改造しました。わたしたちのようになろうとしたのです。でも、それは無理でした。そこで、かれらは自分たちを冷凍睡眠させました。いつか平和が戻ったら、長い眠りから目覚め、文明を再興する。その願いを胸に抱いて」

「バイオボーグは、その状況でも生存が可能だったの？」

ユリが訊いた。何度か口をぱくぱくさせたあとで、ようやく言葉を絞りだした。

「わたしたちは、極めて特殊な存在です」フローラは答えた。

「戦争がはじまってすぐ、わたしたちがつくりだされました。人類にかわって戦争を戦いぬく、強力な戦闘兵器として」

「戦闘兵器」

「人類ではなく、バイオボーグ同士が戦ったってこと？」

今度はあたしが訊いた。あたしも、なんとか口がきけるようになった。こんなすごい話、いつまでもぽかんとして聞いているわけにはいかない。

「結果として、そうなりました」フローラの目が、あたしを見た。

「戦争が長引くにつれ、人類は疲弊していきました。文明が衰退し、人口が激減しはじめたのです。しかし、それでも戦火は熄《や》みません。戦闘命令が解除されないまま、バイオボーグが勝手に戦いつづけたからです。強靱な体力、生命力、戦闘力を有するバイオボーグは、最後のひとりになるまで戦闘を継続するよう、条件づけられていました。命令を下した人類が戦う意志をなくしても、それはバイオボーグにとっては無縁な出来事です」

「んな、むちゃな」

あたしの頬がひきつった。終わらせられない戦争。そんなものに人類が迷いこんでしまったなんて、ちょっと信じられない。

「戦場となった惑星から、人類の姿が消えていきました。残ったのはすさまじい荒廃と、所属国家を失っても、なお戦闘をやめないバイオボーグの群れだけ」

「バイオボーグは、まだ戦っているの？」

あたしは問いを重ねた。

「いいえ」フローラは首を横に振った。

「三十年ほど前に、戦争は終結しました。バイオボーグといえども、完全な不死身ではありません。細胞の過半を破壊されるレベルのダメージを負えば、死にます。また、バイオボーグ専用の生命維持システムが機能しなくなると、一種の老化がはじまります。その場合、数年で寿命が尽きます。戦闘状態のバイオボーグは互いに相手の生命維持システムを攻撃し、ともに滅んでいったのです」

「じゃあ、戦争終結というのは、人類もバイオボーグもいなくなったから、そうなったっていうこと？」

「そうです」

「さいてー」

ユリが肩をすくめた。

「人類が滅亡したのは、いつ？」あたしは少し身を前に乗りだした。「八十一年前に会ったという人が、最後の人類なの？」

「正確なことは不明です。先にも述べましたが、いくつかの惑星には、人類の危機に対してなんらかの対策を施した人びとが残っていました。かれらはバイオボーグを恐れ、その存在を巧みに隠していたため、データが保存されていません。八十一年前、わたしは冷凍睡眠に赴こうとするドクター・パニスと別れ、ポスホタスの基地に入りました。基地のコンピュータは銀河系全域に向け、ハイパーウェーブでメッセージを送りつづけています。その呼びかけに対して四、五年ほどは応答がありました。しかし、いつしかその反応も消え、いまは完全に音信不通状態です。滅亡したと判断せざるをえません」

「八十年か……」

ため息まじりに、ユリがつぶやいた。

「ドクター・パニスって誰？　ポスホタスの基地ってなに？　あんたはどうしてバイオボーグなのに、戦争に加わっていないの？」

あたしは矢継ぎ早に質問を飛ばした。フローラの説明は、まだぜんぜん不十分だ。まるっきり意味が通じていない。

「ドクター・パニスは、わたしの創造主《クリエイター》です」フローラは、淡々と答えた。

「ドクターは軍に無断で、わたしを完成させました。戦士属性を排除して、性格構築をおこなったからです」

「戦士属性？」

ユリが小首をかしげた。大きな黒い瞳をくるっとまわす。

「戦闘員としての資質そのものです。遺伝子レベルで排除すると、攻撃的な性格を完全に消し去ることができます」

「ということは、あんたは特別製のバイオボーグってことなのね」

あたしはフローラを指差した。

「バイオボーグの欠陥品という見方もできます。本来、付与されていた資質を除去されているのですから」

「ドクターの狙いはなんだったの？」

「目覚まし時計です」

「？？？」

「先ほど、将来のことを考えて自身の肉体を改造し、それがだめだったので、自分たちを冷凍睡眠させた人びとのことをお話しました」

「聞いたよ」

あたしはうなずいた。

「そのひとりが、ドクター・パニスです」

「…………」

「ドクターは戦争が終わり、自分たちが目覚めるときがきたら、そのことを知らせ、解凍作業をしてくれる者を欲していました。しかし、戦いつづけるバイオボーグ同士の戦争の終了を確認する手段がどこにもありません。いかに精緻に構築された管理システムであっても、それは不可能です」

「最高のタイミングで目覚めるためには、ジャストタイムに起こしてくれる人が必要ってことね」

あたしは小さくあごを引いた。

「だから、目覚まし時計なんだ」

ユリがようやく納得した。

「それで、どうなったの？」あたしはフローラに視線を戻した。

「ドクター・パニスはもう起こしたの？　戦争は終わっちゃったんでしょ」

「たぶん」

「たぶん？」

「絶対的な情報は、どこにもありません。戦場は銀河系全域に散らばっていたのですから」

「そりゃ、そうよね」

ユリが小刻みに首を縦に振った。

「人類だけでなく、バイオボーグもハイパーウェーブで交信をおこないます。ポスホタス基地のシステムは、その交信を八十年にわたって傍受しつづけてきました」フローラは言を継いだ。

「この三十年、高等生命体同士のやりとりとして記録された交信は、一件もありません」

「三十年か」

あたしは腕を組んだ。結論を下すのに、それだけ待ったのか。さすがはバイオボーグ。気が長い。あたしなら、三年でもう戦争は終わったと決めつけちゃうね。いや、半年くらいでいいかな。なんにせよ、この長期の空白は説得力がある。判断の基準としては、文句のつけようがない。

「そこで、わたしは命令を遂行すべく、ドクター・パニスの眠る衛星、グリヤージュに急行しました」

「…………」

「しかし、だめでした」

「だめ？」

「ドクターを覚醒させられなかったのです」

6

「起こせなかったの？」

ユリがきょとんとなり、小首をかしげた。

「正確に言うと、覚醒作業にすら入れなかったのです」

フローラが答えた。

「ドクターは、いったいどこで眠っているのよ？」

あたしが訊いた。グリヤージュなんて星、あたしはぜんぜん知らないぞ。

「グリヤージュは、グラパド恒星系の第八惑星、エクラゼをめぐっている小衛星です。エクラゼは巨大ガス状惑星なので、人類の居住には適していません」

「それが独立国家になっているってこと？」

「違います。グリヤージュは惑星国家サルシフィの管理下にある衛星です」

サルシフィ。サルシフィ。

あたしはあごに人差指を置き、視線を天井に向けて記憶をまさぐった。サルシフィって、どこにある恒星だったっけ。

「こぐま座宙域じゃなかったかしら」ユリが言った。

「恒星グラパドの第四惑星。けっこう歴史のある惑星国家だったような気がするわ」

「そうです」

フローラが上体をわずかにひねった。彼女の左横に映像が浮かんだ。鮮明な輪郭を持つ立体映像だ。浮かびあがったのは、太陽系の構造図だった。

惑星国家。

ひとつの惑星がひとつの国家として独立したとき、その国を惑星国家と呼ぶ。

二一一一年。人類は夢の装置、ワープ機関を手に入れた。

それは人類の命運を左右する発明だった。

その当時、人類は滅亡するかどうかの瀬戸際に立っていた。

人口が増加し、地上が人間であふれていた。人類は地球《テラ》から宇宙に進出して、スペースコロニーを建設した。火星や金星にも植民地をつくった。しかし、それでも増えつづける人口のすべてを収容することはできなかった。空間も、資源も、食糧も不足している。そして、飢餓が暴動を生む。それが大規模な戦争へとつながっていく。

これまでかと思われたとき、ワープ機関が完成した。

人類は銀河系へと飛びだした。

宇宙船を建造し、数百万人単位の移民を開始した。

調査船が、いくつかの太陽系で地球型の惑星を見つけた。すぐに、そこに移民船が飛んだ。完全な地球型惑星は少なかったが、火星や金星での経験が役に立った。その程度の差異なら、テラフォーミングで大気、土壌を変え、人類の生存環境を容易に確保することができる。後にはテラフォーミングを請け負う、専門の職能集団まであらわれた。

二一四一年。

あたしたちが人工冬眠に入った年だ。

ワープ機関完成からわずかに三十年である。

その三十年の間に銀河系の状況はみごとに一変した。

まず人類が植民した惑星の総数が三千を超えた。さらに、それら植民星の多くが地球連邦から独立した。移民により人口が激減した地球連邦は、その独立要請をつぎつぎと認めた。もう植民地から送られてくる資源や食糧をあてにする必要はない。地球連邦は地球連邦で、独自に国家体制を維持できる。

独立を果たした植民星は、惑星ひとつを行政単位とする国家になった。

これが惑星国家である。

銀河系全域に散らばる三千余の惑星国家。

そのうちの、もっとも初期に独立した植民星のひとつがサルシフィだ。ユリの言葉で、あたしも思いだした。学校で習う銀河連合の歴史の冒頭部分である。惑星国家はそれぞれが手を結び、国際平和機構を設立した。銀河連合と呼ばれるその機関は、強力な軍隊である連合宇宙軍を有し、国際紛争の調停、経済や文化分野での国際協力の仲介役など、さまざまな任を精力的に担っている。その銀河連合設立時の理事国として名を連ねていた惑星国家のひとつが、グラパド恒星系のサルシフィである。間違いない。

「サルシフィは、グリヤージュに軍事基地を築いていました」立体映像を示し、フローラが言う。

「戦争激化に伴い、その基地の大部分が破壊され、放棄されました。ドクターはそこを利用したのです」

映像が変わった。一角が拡大され、細部が見てとれるようになった。

「地下にもぐったんだ」

ユリがつぶやく。そのとおりだ。映像は地上を通過し、地下のそれになった。それも、かなり深い。

「軍事研究所です」フローラが説明した。

「ドクター・パニスが所長をつとめられていました。ドフィーヌの滅亡後、同盟国であったサルシフィに身を寄せ、あらたな戦闘用バイオボーグの量産システム構築にあたっていたドクターは、戦争末期の混乱に乗じてこの研究所を占拠され、そこに有志とともに立てこもったのです」

「有志って、何人？」

ユリが訊いた。

「百三十八人です」

「平均年齢と男女比は？」

あたしも訊いた。これはかなり重要な質問だ。

「三十一歳。女性は二十八人です」即座にフローラは答えた。

「いちばん若いのが十六歳の女性。最高齢がドクター・パニスで、入眠時年齢は四十四歳でした」

「八対二くらいね」あたしは計算した。

「年齢もオッケイ。顔と性格がよかったら、四十四歳でも許す」

「あんた、何ぶつぶつ言ってんの？」

ユリが、あたしの顔を覗きこんだ。ええい、うっさい。皮算用だよ。ほっといてくれ。

「研究所は、強力な防御システムによって完全にシールドされています」あたしの独り言をよそに、フローラは淡々と言葉をつづけた。

「とくに対バイオボーグに関しては完璧といえる装備になっていました」

「バイオボーグをつくっていた人でしょ」ユリが言った。

「だったら、弱点も知りぬいてるわよね」

「研究所のシールドは三重になっています」

また映像が変わった。研究所全体の模式図になった。研究所を中央部で垂直に切った断面図である。

「地上にでている半球形の構築物が透明ドームです」映像の上部をフローラは指で示した。

「直径は三百メートル。光透過性金属として知られるJB‐α合金でできていて、厚さは三百ミリになっています」

「厚いわね」

あたしの眉が小さく跳ねた。JB‐αは宇宙船の外鈑に使われるKZ合金より強度的には劣る。しかし、三百ミリとなると話はべつだ。これはふつうのドームじゃなくなる。まさしく堅固な要塞だ。さすがは一国の軍事研究所である。建設予算に糸目をつけていない。

「バイオボーグは、このドームの内側に入ることができません」フローラが言った。

「特殊かつ強力な電磁波を極めて至近距離で浴びると、バイオボーグの体内に埋めこまれている制御装置が狂い、生命反応が停止します」

「極めて至近距離って、どれくらい？」

「ゼロミリです」

「ゼロミリ？」

あたしの目が丸くなった。ゼロミリってなんなの？

「電磁波の発生源に触れたら、終わりということです」

「もしかして、バイオボーグって、ぜんぜん無敵じゃないんじゃないの？」

ユリが訊いた。あたしも、そう思った。

「そんなことはありません」フローラはかぶりを振った。

「これは特殊なケースです。通常、このようなドームを建設しても、武装したバイオボーグが攻撃を開始したら、まず二時間ともちません。強力な火器でJB‐αの壁を破り、電磁波の発生装置を破壊した上で内部に侵入、その後、管理中枢をすみやかに確保します。電磁波で殪《たお》れるバイオボーグは皆無です」

「でも、破られなかったんでしょ」

ユリがたたみかけた。

「三重のシールドとはべつに、対空対地防衛網があります」フローラは穏やかに応じた。

「それがドームを火器による攻撃から防御します。研究所はバイオボーグ開発の拠点でしたから、軍の中央司令部に匹敵する防衛網が敷かれていました」

「で、結局、話はなんなのよ?」あたしが言った。「あんたが、そのウルトラデラックスハイパー防衛網に弾かれちゃったってこと? だから、ドクターを起こせなかった。そんなとこかしら」

「事故があったのです」フローラが真摯なまなざしで、あたしをまっすぐに見た。「グリヤージュは、破壊された衛星でした。たび重なる敵軍の猛攻で軍の施設はすべて破壊され、最後に残っていたのが研究所のドームだったのです。それがゆえに、ドクターは冬眠の地にこのドームを選びました。ほとんど潰滅した基地を、再攻撃する余裕は敵軍にありません。グリヤージュはサルシフィでいちばん安全な場所になった。ドクターは、そう判断されました。でも、それはあまりにも楽観的な観測でした」

「攻撃くらったんだ」

「ちょっと違います」フローラは首を小さく横に振った。

「海戦があったのです。星域内に侵攻してきた敵艦隊を一掃するための大海戦でした。海戦は星域外縁からエクラゼの軌道近辺にまで及び、推進装置にダメージを受けた戦艦が一隻、グリヤージュに落下しました」

「まさか、それがドームを?」

「直撃は免れています。しかし、巨大なエネルギーの奔流が地下に流れこみました。エネルギーは研究所の管理システムの一部を灼き、それによって、バイオボーグの認識センサーに狂いが生じたのです」

「バイオボーグの認識センサー？」

「ドクターはバイオボーグに対する防御装置を完璧なものにしました。が、それではドクターを覚醒させる役割を負ったわたしもドームから排除されてしまいます。そこで、ドクターはバイオボーグの認識センサーを管理システムに組みこみました。これにより、ある特定の細胞構造を備えたバイオボーグを無条件にドーム内へと導くことが可能になります」

「じゃあ、狂ったというのは」

ユリが言った。

「例外認識です」

フローラの声が、ほんの少し低くなった。

7

「システムは、わたしの肉体構造と遺伝子パターンを他のバイオボーグと同一であるとみなしました」フローラは硬い声で、話をつづける。

「バイオボーグは、徹底的に排除されます。ドクターを覚醒させるためシャトルに乗り、ドームに近づいたわたしは、激しい攻撃に遭いました。まったく予期していなかった攻撃です。わたしはぎりぎりのところで撃墜を免れ、ここに戻ってきました。そして、ここから研究所の管理システムにアクセスし、認識センサーに異常が発生していることを知ったのです」

「事前に調べてから行かなかったんだ」

あたしが突っこみを入れた。

「想定外のことでした」フローラはわずかに唇を噛んだ。

「ドクターに与えられたマニュアルに従って、わたしは行動しています。そのマニュアルに、この事態は含まれていません」

「うかつなドクターねえ」

小さく、ユリが肩をすくめた。そう。ユリといい勝負のうかつさだ。

「わたしは自分自身の行動をマニュアルのそれから切り離しました。ドクターのマニュアルがそのようになっていたからです」

「なんじゃ、それ」あたしの目が丸くなった。

「マニュアルの指示どおり動けなくなったら、マニュアルから逸脱していい。そーなっていたの？」

「簡単に言えば、そうです」

フローラはうなずいた。おいおい。簡単に言わなくても、そういう意味だろ。

「ややこしーい」

ユリが言った。そうだね。これはユリには複雑すぎる命令だ。突きつめて考えないほうがいいよ。頭がオーバーヒートして、自慢の黒髪が火を吹いちゃうから。目をやると、なんとなく頭頂から煙がでているようにも見えるぞ。

「わたしは、古い記録を急ぎチェックしました。バイオボーグに対する認識センサーが狂ったいま、わたしが任務を遂行することは不可能です。あの防衛網を通りぬけられるのは人類だけとなりました。しかし、もう人類はどこにもいません。それでも、わたしは生き残った人類がどこかにいるのではと思い、記録の精査に入ったのです」

「少しわかってきた」あたしが言った。

「その記録の中に、あたしたちのことが入っていたんだ」

「行方不明者リストを重点的に調べたのです。それも、銀河連合やその附属機関に所属する人、船を中心に」

「狙いは悪くないわね」

あたしはすらりとした形のいい脚をゆっくりと組み替えた。話が長い。まあ、百五十三年分のいきさつなんだから、長いのも当然である。面倒でも、ひとつひとつ丹念に聞かなくてはいけない。

「そして、あなたがたの情報を発見しました」立体映像にあらたな映像が重なった。

「このシューターに関する情報です」

フローラが映像をいま一度示した。研究所の模式図の上に、あたしたちが〈ラブリーエンゼル〉から脱出するのに使ったシューターの映像が重なった。

「WWWAのトラブルコンサルタント――通称トラコンがふたり、オフィーリアで消息を断った。ふたり専用の宇宙船〈ラブリーエンゼル〉は連合宇宙軍の艦隊に突入し、自爆した。しかし、ふたりの殉職は確認されていない。搭載艇で緊急脱出した可能性があり、WWWAはその行方を捜索中である。そんな内容の情報でした」

「とりあえず、捜索はしてくれてたのね」

小さくため息をつき、ユリが言った。

「責任を追及するには、当事者が必要ってことでしょ」

あたしは肩をすくめた。一艦隊を巻きこんでの自爆である。事情を申告しても、簡単に「ああ、そうか」と納得してくれることはない。しばしば絞られ、あの非常事態に対して、すべての回避手段を尽くしたのかどうかを徹底的に訊問される。

「わたしは、これだと思いました。コードネーム、ラブリーエンゼルはWWWAの犯罪トラコンの中でもトップクラスにランキングされています。脱出後、行方不明のまま捜索が打ち切られていますが、わたしは必ず発見できると確信しました。シューターには人工冬眠装置が内蔵されています。セッティングに不備がなければ、百五十年を超えるスリープにも対応可能な装置です」

「それで、本当にあたしたちを見つけたんだ」

「こちらも必死ですから」

フローラが薄く微笑んだ。こうしてみると、なかなかかわいい娘《こ》である。とても、人工生物とは思えない。そりゃあ、あたしよりはちょっと劣るけど、ユリよりは断然上だ。それは間違いない。

「とりあえず、回収して蘇生させてくれたことに対してはお礼を言うわ」あたしは言葉をつづけた。

「すごく感謝している」

「どういたしまして」

「でも、やらせたいことがあるから、あたしたちを起こしたわけよね」

「そうです」

「あたしたちがドクターを目覚めさせるの？」

ユリが訊いた。

「お願いします」フローラのうるうると潤んだ瞳が、あたしとユリを交互に見た。

「あなたがた以外に、頼れる人がどこにもいません」

すがるような口調で言った。

たしかに、そのとおりだ。ドクターのもとには人間しか行けない。そして、いまこの世に生きて存在している人間はあたしとユリだけ。あとの者は、みんな死んだ。あるいは冷凍睡眠状態にある。

「まいったね」

あたしは首を横に何度か振った。

これは、とんでもない話だ。大袈裟でなく、人類の運命すべてがあたしたちに託された。とてつもなくおっきな課題が、長い睡眠から目覚めたばかりのあたしたちの頭上に音を立てて降りかかってきた。

「うちらにしかできないって言うけど」あたしはぶつぶつとつぶやくように言った。

「できるとしても、すごくやばいんでしょ」

「たぶん」

フローラも、つぶやくように小さな声で答えた。

「武器が要るわね」

ユリが言った。こいつの声は、いつもながら能天気に甲高い。

「用意してあります」

フローラが応じた。

「武器だけじゃないわよ」あたしも言った。「戦闘艇も要る。作戦も要る。できれば、ロボットでもいいから戦闘要員も一個連隊以上ほしい！」

「それは、用意できません」

「試したときに使ったじゃない」

「それは――」

「よくできてたわよ。あの昆虫型ロボット。ああいうのが百体くらいいたら、すごく助かるわ」

「………」

フローラは視線を落とし、口をつぐんだ。

沈黙の時間が流れる。ちょっと空気が重い。

「とにかくねえ」

ユリが、ふいにソファから立ちあがった。

「即断は無理よ」小さく伸びをしながら言った。

「しばらく時間をちょうだい。ケイと相談をしたいの。冬眠から覚めるなり、思いがけないことばかりだったでしょ。一息つかないと、回答なんて絶対できないわ」

「同感、同感」

あたしも言った。ついでに、両手を挙げて大きくうなずいた。ユリにしては、まともなことをほざいてくれるではないか。これはもう、たしかにそのとおりである。いきなり腕前を試され、その直後に、予想だにしなかった人類滅亡って話を真正面から叩きつけられた。こんな状況で、さあ助けてくださいと言われても、心だって肉体だって、まったく反応しない。それどころか、どんどん気が滅入っていく。

「わかりました」

ややあって、フローラがおもてをあげた。表情はやや暗い。だが、言葉はしっかりしている。

「食事をおだしします。そのあと、おふたりだけで、じっくりと話し合ってください。そろそろ覚醒後二時間になりますから、何か口にされても大丈夫だと思います」

「百五十三年に及ぶ断食なのに、不思議におなかが減らないね」あたしは右手のてのひらで、おへそのまわりを丸く撫でた。

「髪とか爪も伸びていないし、喉も乾いていない」

「システムが代謝を極端に落としていたんです」フローラが言った。

「長い冬眠になると判断し、命を保てる限界まで生体活動を調整したものと思われます」

「冷凍睡眠はダイエットにならないってことね」

あたしはユリを見て、言った。

「必要ないもん」

ユリはそっぽを向いた。おうおう。強がりを言っちゃってるよ。

「食事、いただくわ」ユリはフローラに向き直った。

「たっぷりとだしてくださる」

「かしこまりました」

フローラは数歩、後方に退った。

床が左右にひらき、テーブルがせりあがってきた。

「みぎゃお」

ムギが一声、啼いた。

第二章　我慢、辛抱、ひたすら忍耐

1

食事が届いた。テーブルの天板が丸く割れ、そこから料理がつぎつぎとでてくる。それをフローラがとり、あたしたちの前に並べた。料理の最後に、カリウムカプセルを山盛りにした容器もあらわれた。これはムギの食事である。

「みぎゃおう」

うれしそうに、ムギがまた啼き声を響かせた。絶対生物といっても、生き物は生き物である。空腹時の反応は、ごくふつうのペットのそれとどこも違わない。

「用がありましたら、わたしの名前を呼んでください。すぐに戻ってきます」

一礼し、フローラが姿を消した。部屋にいるのは、あたしたちふたりとムギだけになった。

「とりあえず、食べようよ」

ユリが言った。

「うん」

あたしはフォークを持ち、皿の上に置かれたパスタのようなものに手を伸ばした。先端にパスタを巻きつけ、口もとに運ぶ。簡素な料理だ。ゆでた麺にソースをかけただけ。

ソースの味が、口の中に広がった。

「おいしい」

声がでた。

「ほんと？」

ユリも同じものを一口食べた。

「悪くなーい」

拳を握り、親指を立てた。

あたしとユリは、皿をひとつずつ空にしていった。原材料が何かは考えない。どうやって調理されたのかも、想像しない。とにかく、うまければいいのだ。食べられるのなら、それで十分だ。黙って食べる。淡々と食べる。

一息ついた。

満腹である。

「どうする？」

ユリが、ぽつりと言った。食べすぎておなかが苦しくなったらしく、ユリはソファの背に上体をもたせかけ、脱力して天井を見上げている。

「どうしよう？」あたしも足を前に投げだし、思いきり背もたれにからだを預けた。

「まず、フローラの話が本当かどうかだね」

あたしは、テーブルの横に目をやった。そこにフローラが呼びだした立体映像が残っている。浮かびあがっている映像は、ドームのそれだ。

「どう思う？　百五十三年も経ったってこと」

あたしはムギを見た。

「ふみゃ？」

いきなり話しかけられ、ムギは首をななめに傾けた。

「ぴんとこないみたいね」

ユリが言った。

そうだろう。人間と他の生物とでは、体感している時間の尺度が大きく異なる。犬や猫にとっての一年は、人間や象のそれとはまったく違うということだ。昆虫なんかと比較したら、その差はもっと大幅に広がる。絶対生物であるクァールは、その寿命がまだ確定されていない。一説では数万年に及ぶのではとも言われている。そういう生物にしてみれば、百五十三年なんてまばたき程度の時間でしかない。あっという間だ。一瞬に過ぎたという感覚しかないんじゃないかな。けっこうむかつくけど。

「フローラの言葉が全部事実だとしたら、やることはひとつしかないと思う」ユリが言を継いだ。

「あたし、ケイとふたりっきりで人生を終えたくない」

ぐがっ。

ほざいてくれたわね。あたしが先に言おうとしたこと。

「たしかめられるかしら？　フローラの話の真贋って」

首を横に倒し、ユリはあたしに視線を向けた。

「むずかしいわ」あたしは小さくかぶりを振った。

「いまのうちらには、それをやる方法がないもん。せめて〈ラブリーエンゼル〉があればあちこち行って、いろいろ調べることもできるんだけど、残念ながら、徒手空拳。文字どおりの丸裸じゃ、どうしようもない。フローラの話を鵜呑みにするしかないわ」

「だったら、フローラの要望を受け入れちゃいましょ。向こうの言いなりになって動きながら、細かい事実をひとつひとつ確認していく。それがあたしたちに打てる唯一の手よ」

「問題は、うちらだけでそれが可能かどうかだわ。いつもの仕事だと地元捜査機関の協力があったし、WWWAの情報網なんかも自由に使えた。でも、もうそういう便利なサポートは、どこにもない」

「悲観的に考えすぎよぉ」ユリが小刻みに身をよじった。

「それなりの装備があれば、それなりの作戦を立てられるわ。作戦を立てられれば、道もひらけていく。人生ってそういうものよ」

「あんた、底抜けのお気楽女ね」

「いまはお気楽がいいの。深刻ぶっててもろくなことがない。なんたって、人類滅亡よ。へたをすると、あたしたちが銀河系最後の人類になるのよ」

「ああ、聞くだに寒気がする」

あたしはからだをぶるっと震わせた。大袈裟でなく、背すじに悪寒が走った。

「フローラ、武器や戦闘機はあるみたいなこと言ってたわね」ユリが言う。

「どんなのがあるのかしら。惑星ひとつくらいならぶっつぶせるのがいいわ」

おいおい。

「わたしがお答えしましょう」

声がした。あたしたちの頭上から降ってきた。どこかで聞いた声だ。フローラのそれではない。低い、人工的な声。

これは、シャワーを浴びるとき、あたしたちを誘導した声である。

「あなたは？」

あたしが訊いた。

「ポスホタス基地の管理システムです」

声が答えた。

「フローラが言っていたハイパーウェーブで人類に呼びかけ、かつバイオボーグの交信を何十年も監視してきたシステムね」

ユリが言った。

「そうです」

「ポスホタス基地は、どこにあるの？」

あたしが訊いた。

「グラパド恒星系の第七惑星と第八惑星の軌道間に小惑星帯があります。ポスホタスは、その中で最大級のアステロイドのひとつです」

「ここ、小惑星の中なんだ」

ユリの目が丸くなった。

「じゃあ、いまかかっている重力は……」

「人工重力です」

なるほど。からだに馴染んでいるからほとんど気にならなかったが、これはたしかに宇宙船などで採用されている〇・二Gの人工重力だ。強すぎず、弱すぎず。跳ねるように移動できる。

「戦争中に、この手の基地がたくさんつくられました」システムが言う。「小惑星をくりぬき、その中に小型戦闘艇の基地を設け、侵攻軍に対し、奇襲をおこなう。ほとんどの基地が破壊されましたが、ポスホタスは運よく攻撃を免れ、システムごと完全に残っていました」

「それをドクター・パニスが利用したのね」

ユリが言った。

「グリヤージュのドームもそうだけど、そのドクター、廃品活用が特技なんだ」

あたしが言った。

「特技ではないと思います」

システムが律儀に言葉を返した。わあってるよ、んなこと。ネタくらい解せよ。

「軍事基地なら、火器や戦闘機があってもおかしくないわ」ユリがつづけた。

「まだ使えるかどうかはべつにして」

「整備は万全です」声が言った。

「保管されている装備をご覧ください」

映像が変化した。フローラが残していった、床の上に浮かぶ立体映像だ。

いかにも軍用機らしい小型の宇宙船の姿が広がった。いわゆる快速戦闘艇だ。ワープ機関は搭載していない。かわりに、ビーム砲やブラスター、ミサイルランチャーを山のように組みこんでいる。

「まあまあね」あたしは腕を組んだ。

「この機体、いくつあるの？」

「三機です」

「ほかには？」

「ありません。残存機を組み立て直し、維持してきました。パーツはひととおりそろっていますが、飛行可能な機体は三機のみです」

そうか。あたしは腕をほどき、ぽんと手を打った。そうやって百五十年という時間を克服してきたのか。理解したぞ。たぶん、もとは何十機も置かれていたんだろうな。それをばらばらに分解し、パーツの素材を不活性ガスの中なんかで保存して経年変化から守ってきた。この一事で、あたしはフローラの言葉を信じる気になった。どうやら、本当に百五十三年ほど、あたしたちはぐっすりと眠っていたらしい。

「これで、どうやってグリヤージュに行くわけ？」

ユリが訊いた。

「それはフローラに尋ねてください」声が答えた。

「わたしにできるのはデータの開示だけです」

「いいわ」あたしが言った。

「フローラを呼んで。作戦を立てるから」

「承知しました」

静かに、声が言った。

2

フローラが戻ってくるまで、少し間があった。

「まいったなあ」あたしはソファの上であぐらをかいた。

「想像だにしなかったわ。こんな未来が待ってるなんて」

すでに食器が片づけられ、テーブルには飲物のグラスが並んでいる。残念ながら、アルコール飲料ではない。

「だいたい、さっさと発見できなかったWWWAが悪いのよ」

唇を尖らせ、ユリが言った。

「そうそう」あたしは拳を握り、右手を振った。

「フローラはすぐにうちらを見つけられたのにさ」

「いいえ」

声が響いた。

フローラだ。あたしとユリは同時に首をめぐらした。

「わたしも七年ほどかかりました」

フローラがあたしたちの前に立った。かすかな微笑みを口もとに浮かべている。

「七年？」

あたしとユリはたがいに顔を見合わせた。

「ワープポイントの特定が不可能になっていました。救難信号もキャッチできません。あとでわかったのですが、あなたがたのシューターはエネルギーを温存させるため信号出力をぎりぎりまで絞っていたのです」

「それじゃ、救難信号の用をなさないわ」

ユリが言った。

「搭乗員の生存確保が優先されたんでしょう。システムはいつもそのように設定されます」

やれやれ。

そういうことで百五十三年もほったらかしにされてしまったのか。

「ところで」フローラの表情が、少し引き締まった。

「ご決断はしていただけましたでしょうか？」

心配そうに問う。

「まあね」

あたしはうなずいた。

「依頼、お受けするわ」

ユリが言った。

「本当ですか！」

フローラの顔が、ぱっと明るくなった。

反射的にうっそぴょんと言いそうになる。でも、必死でこらえた。バイオボーグのギャグのセンスは、ちょっと前にはっきりと知らされた。ネタをまじにとられて、逆恨みされたらかなわない。そういう危険は、積極的に回避する。

「ただし」ユリが言葉をつづけた。

「作戦次第よ。どう考えても無理な話だったら、何があっても、あたしたちは動かない。その条件でいいかしら？」

「けっこうです」フローラは強くあごを引いた。

「その条件で、お願いいたします」

というわけで。

作戦会議がはじまった。

「ポイントは、グリヤージュまで、どう行くかだと思うの」ユリが言った。

「当然、迎撃用の無人衛星なんかが置かれているんでしょ」

「いいえ」フローラが首を横に振った。

「そういうものはありません」

「え？」

あたしとユリはきょとんとなった。それから、顔を見合わせる。意味不明だ。フローラの言っていることがまるで理解できない。

「グリヤージュ周辺は非武装状態になっています」

「はあ」

「荒廃し、放擲された基地。それがグリヤージュです。だからこそ、ドクター・パニスはグリヤージュを人類最後の希望の地としたのです」

「うーん」あたしはうなった。

「少しわかってきた。要するに、グリヤージュはまったく目立たない星なのね」

「たしかに、これ見よがしに強力な迎撃網なんか備えていたら、恰好の標的になってしまうわ」ユリがつづきを引き取った。「それを避けるために、わざと無防備にしたというのなら、十分に納得できちゃう」

「一か八かの賭けって気もするけど」

あたしがつけ加えた。

「侵入者への攻撃は、グリヤージュを周回する孫衛星軌道に突入したところからはじまります」

フローラが言った。立体映像が、グリヤージュの全体像になった。

「防衛システムの作動開始設定は、衛星地表に対して五千メートルです。その距離まで未確認飛行物体が接近したら、攻撃を開始します」

「グリヤージュの直径は？」

あたしが訊いた。

「約三千五百キロです」

「思ったより大きいわね」

「母惑星のエクラゼが直径十三万キロという巨大惑星で、衛星はほかに大小合わせて十八個、確認されています」

「リングは？」

ユリが訊いた。

「薄いのが数本。肉眼では糸のように細い三重の環に見えるはずです」

「はず？」

「人間の視力を体感できないので」

「バイオボーグは目もいいってことかしら」

「大気がなければ、三キロ先の表情を見てとれます」

「やれやれ」あたしは肩をすくめた。

「人類が滅亡に追いこまれちゃうはずね」

「グリヤージュへの着陸も、あなたがたなら可能です」フローラは説明をつづけた。

「高度五千メートルに達する直前に、ドームに対して、ドクターから託されたコードを発信します。超高指向性のレーザー通信です。これは一種のキーワードで、これによりドームへの進入が可能になります」

「本来なら、フローラがそうやってドームに入るはずだったんでしょ」

あたしが言った。

「そうなっていました」フローラは、わずかに唇を嚙んだ。

「しかし、いまはだめです。コードを送っても、発信者が人類でないと攻撃を停止してくれません。その後のセンシングで受け入れを拒否され、最悪の場合は撃墜されます」

「なんか、簡単な任務に思えちゃうんだけど」

ユリが言った。

「問題は、そこからです」

フローラが軽く左手を上下させた。映像が変わった。

「ドクターたちを目覚めさせるためには、なんとしてもわたしがドームの内部に入りこまなくてはなりません」

「スイッチでも切るの？」

ユリが訊く。

「違います」フローラはかぶりを振った。

「そういうものはありません。わたしをドーム内に入れるためには、管理システムの一部を破壊する必要があります」

「管理システムの破壊！」

あたしの頬がぴくりと跳ねた。

「それって、もしかしたら、やばいことじゃないかしら？」

語尾を震わせ、ユリが尋ねた。

「システムにアクセスしようとした瞬間から、あなたがたは敵と認識されます」

「やっぱり」

ユリの首ががくりと落ちた。

「どうしても、フローラがドームに入らなくちゃだめなの？」あたしが訊いた。

「あたしたちが冷凍睡眠装置を操作するとか、そういうのはできないの？」

「できません。解凍操作には、バイオボーグの能力が必要です」

「それ、どういう能力？」

「たとえば、こういうものです」

フローラがテーブルの前に進んだ。腰を軽く曲げ、天板の上に両の手を置いた。テーブルは硬質樹脂でできている。そこに、ちょうどピアノでも弾くような形で、フローラは十本の指先を立てた。

「しっかり見ててください」

フローラが言った。

指が消えた。

いや、そうじゃない。消えたように見えただけだ。

「え？」

あたしとユリの目が丸く見ひらかれる。

何が起きたのか、一瞬、理解できなかった。

ややあって、わかった。

動かしているのだ。フローラが、目に映らぬスピードで十本の指を。

「所定の順番とリズムで、コンソールにはめこまれたキーを打ちます」フローラが言った。

「十万字の英数字キーです。一度でもミスると、最初からやり直しです。三回しくじると、入力者は排除されます」上目遣いに、フローラはあたしたちを見た。

「できますか？　これ」

「できない」

あたしとユリは、ふたり同時に首をぷるぷると横に振った。

「わたしでないと、ドクターたちを起こすことができないのです」

フローラがキーを打つしぐさを止めた。指がテーブルから離れた。天板に、十本の指の痕がある。強い力で何度も指先に打たれた硬質樹脂の天板が、丸くえぐられてしまった。

「納得したわ」つぶやくように、あたしが言った。

「あんたがバイオボーグだってこと」

「本当に人間じゃなかったのねえ」

ユリはため息をついた。

「…………」

フローラは、何も言わなかった。

3

宇宙船は擬装されていた。

見た目はもろに浮遊宇宙塵塊である。戦争中の仕様そのままだとフローラは言った。

あたしたちは中型のシャトルに乗り、小惑星を発った。それが、この擬装宇宙船である。シャトルの常として、ワープ機関は搭載されていない。かわりに大きなカーゴルームがある。そこに複座の快速戦闘艇が納められた。

十時間以上航行して、グリヤージュに到達した。高度二万メートルで螺旋状の周回軌道に入った。

長い航行時間を、あたしとユリは快速戦闘艇の点検をして過ごした。これから、こいつにあたしたちの命を預けなくてはいけない。そのためには、この機体のことを隅々まで熟知しておく必要がある。

「とりあえず、名前はチャッキーね」

点検中にユリがいきなり言った。機体後部上面でノズルの圧力を調整していたあたしは、そのまま床に転げ落ちそうになった。

「名前って、何よ？」

「この機体。かーいいでしょ」

あたしの問いに、ユリはにっこりと微笑んで応じた。さすがは高度冷凍睡眠技術。百五十三年を経ても、こいつの脳細胞には何ひとつ影響を与えていない。

そして、十分ほど前に、あたしとユリはフローラに呼ばれた。格納庫の中で、「コクピットにきてください」というフローラの声が高く響いた。

作業を終了させ、あたしたちはシャトルのコクピットに向かった。

あたしの前を、ユリが軽やかに跳ねていく。人口重力は標準の〇・二Gだ。通路は、あまり広くない。

言い忘れていたが、あたしたちは着替えていた。当然だろう。戦闘行動もありうるという仕事をするのに、バスローブ姿というわけにはいかない。それなりのバトルスーツが要る。

食事のあと、戻ってきたフローラが、

「これをどうぞ」

と、あたしたちに着替えの衣服を差しだした。

「えっ？」

それを見て、あたしとユリはものすごく驚いた。

銀色に輝く、セパレートタイプのコスチューム。ノースリーブの短い上着と、股上が浅くV字型に切れあがったボーイショーツだ。

これは、あたしたちが冷凍睡眠に入ったときに着ていた服そのものである。工業惑星ドルロイで開発された銀色の特殊繊維で仕立てられた特製のスペースジャケットだ。もちろん、膝までの編上げロングブーツも用意されている。ウェアと同色でヒールの高さは七センチ。

「完璧だわ」

受け取ったコスチュームをざっと調べたユリが、感嘆の声を漏らした。

「回収時にあなたがたが着用されていたものを寸分たがわず複製しました」フローラが言った。

「放棄されたとはいえ、ここはもともと軍の施設です。サンプルさえあれば、かなりのレベルで複製が可能になっています」

「じゃあ、ポリマースプレーは？」

あたしが訊いた。

「問題ありません」

フローラが小型の容器をあたしたちの眼前にかざした。容器の中に入っているのは、透明の液状耐熱ポリマーである。これをスプレーすることで、剝きだしになっている素肌が完全に保護される。

「おふたりの衣服を脱がすのはたいへんでした」フローラが言う。「ポリマーの溶剤がなく、最終的には、相当に無理をしてポリマーをはがしたためコスチュームが破損し、再使用ができなくなりました。そこで、ポリマーを含めて、すべてを複製したのです」

あたしたちは、さっそくその服を着た。サイズも感触も、以前のものとまったく違わなかった。なかなかの技術である。耐熱ポリマーもたっぷりとスプレーした。

ボトムのベルトにホルスターを吊す。これも複製品だ。そこにあたしはヒートガンを突っこみ、ユリはレイガンを押しこんだ。

「ブレスレットはないの?」

ユリが訊いた。

「通信機が組みこまれたブレスレットですね」

「そう。それ」

「ありますが、グリヤージュでは使えません」

「どうして?」

「グリヤージュでは通信管制がおこなわれています。内部のやりとりであっても外部に流れ、それが生き残っている敵対勢力のバイオボーグに傍受されたら、ドームが危険にさらされます。通信管制を解除するためには、わたしがシステムをリセットする必要があります」

「面倒ねえ」

　ユリがぶうたれた。

「とりあえず、お渡ししておきます」

　フローラからブレスレットを受け取った。これも、よくできている。細かい装飾なども完璧に再現されていて、以前のものと見分けがつかない。

　あたしとユリは、ブレスレットを左の手首にはめた。これで、装備がととのった。いつでも出動オッケイである。でも、なんか、へん。いまひとつすっきりしない。何か忘れていることがあるような気がする。

「そういえば」フローラが言を継いだ。

「こんなカードも複製したんですが」

　薄い金属製のカードを二枚、取りだした。

　げげげげげ。

　それはブラッディカードだ。あたしたちの必殺隠し武器である。そうか、これの存在をすっかり失念していた。

「テグノイド鋼でできていますね」フローラはしげしげとカードを眺めた。

「厚さは〇・五ミリ。四辺が、まるで刃物みたいに鋭く砥ぎあげられているのに、ナイフのたぐいではない。こんなカード、はじめて見ました」

「それは武器よ」ユリが言った。

「投げるとイオン原理で飛行するの。それをコントローラで操り、あたりのものをざっぱざっぱ切り裂く。けっこういざというときには重宝するわ」

「物騒な武器ですねえ」

フローラは眉をひくひくと上下させた。何をぬかす。全身が剣呑極まりない凶器も同然のバイオボーグに、そんなこと言われたくないぞ。

「しかし、それだと、この武器は役に立ちません」ブレスレットにつづき、ブラッディカードをあたしとユリに渡しながら、フローラは言った。

「グリヤージュでは、コントローラの電波が遮断されてしまいます」

「うーん」

あたしはうなった。それは、まずい。まずいけど、どうしようもない。

「いいわよ」こともなげにユリが言った。

「だったら、適当に投げてそのままにしちゃうから」

ひい。

あたしは心の中で悲鳴をあげた。ユリのブラッディカードはあとでこっそり取りあげておこう。密かに、そう決めた。

シャトルのコクピットに入った。

ドアをくぐるのと同時に、短い電子音が鳴った。

フローラが、背後を振り返り、あたしたちを見た。

「グリヤージュの周回軌道にのります」

上体をひねり、コクピットの正面を指差した。

あたしとユリは、その指先を視線で追った。ずらりと並んだシートの向こうに、大型のスクリーンがある。シートには誰もすわっていない。ここにいるのは、あたしとユリとフローラ、それにムギだけだ。

「スクリーンに映っているのが、グリヤージュです」

すごく明るいスクリーンだった。画面全体が明度の高い茶褐色に彩られ、その真ん中に黒い円盤状の影がある。それが、グリヤージュだ。背景になっているのは、母星のエクラゼである。リングは視認できない。

「データは、すべて戦闘艇のメインシステムに転送しておきました」フローラが言う。

「乗船は三十分後です」

「着陸までの手順は？」

ユリが訊いた。

「これからお話します」

スクリーンの映像が変わった。模式図になった。

グリヤージュの周回軌道と、ユリが命名したチャッキーの降下コースが描かれている。

「高度八千キロで、戦闘艇がこのシャトルから離脱します」右手を伸ばし、フローラは模式図を示した。

「螺線軌道を飛行する戦闘艇が高度五千メートルに達する直前に、シャトルがコードを発信します。この発信と戦闘艇の動きは、完全にシンクロしていないといけません。数秒タイミングがずれただけで、システムは戦闘艇を侵入者と判断し、撃墜行動を開始します」

「それ、手動でやるの？」

あたしが訊いた。

「自動でおこないます」フローラは小さくかぶりを振った。

「あなたがたは何もする必要がありません」

「エクセレント」

あたしは拳を握り、親指を立てた。

「あとは、一気に降下してください」フローラが話をつづけた。

「高度五千メートルからはマニュアル航行です。まっすぐにドームをめざさなければなりません」

「寄り道したら?」

ユリがフローラを見た。

「撃墜されます」

さらりと、フローラは答えた。

4

何もかも、順調に推移した。

まるで、見えざる神の手に守られているかのよう。至上の存在は、赤毛の美人が大好きなのよ。あらゆる宗教の聖典に、そう記述されている(と思う。たぶん)。

降下のタイミングが、とにかくぴったしだった。気がつくと、高度五千メートルを突破している。もちろん、攻撃は皆無。

操縦をマニュアルのそれに切り換えた。レバーを握るのはユリである。あたしは航法を担当する。通信管制の余波で電波が攪乱されているので、レーダーなんかはまったく使えない。当然、ビーコンでの誘導もない。できるのは、有視界飛行だけだ。

「飛べ！　ぽんこつ！」

ユリが叫んだ。

そう。

この快速戦闘艇は、かなりガタがきている。整備しているときに、それがわかった。なによりも、型が古い。どのくらい古いかというと、どう見てもあたしたちが冷凍睡眠についたころの機体である。使われているテクノロジーで、それがわかる。システムにもパーツにも、ほとんど変化がない。これについて、フローラは、あたしたちにこう言った。

「百年以上、技術の進歩はほとんどありません。戦争初期の武器開発競争も、バイオボーグのそれにすべてが費やされました。通常兵器はあとまわしです。バイオボーグが完成してからは、人類の衰亡がはじまりました。となれば、もうテクノロジーどころではありません。人類社会そのものが崩壊していったのです。その結果が、このシャトルや戦闘艇です。これを見れば、人類がどのような運命をたどったのか、はっきりとわかっていただけるはずです」

知りたくないよお。そんなこと。

機体は、古いだけではなかった。壊れているパーツも山のようにあった。通信機はハイパーウェーブもノーマルウェーブも使用不可能になっていた。これは、修理できないのではなく、修理、メインテナンスをしていないからであった。

「優先順位の問題です」と、フローラは言った。

「複数の機体から寄せ集めたパーツで、一機を維持していく。その作業で優先されるべきは何かを考慮した結果が、この機体です。通信は必要ありません。相手がいないのです。ハイパーウェーブも同じです。ならば、これについてはメインテナンスをしない。そのリソースを他の部分に割りあてる。管理システムは、そのように判断しました」

そうだよね。あたしたちは納得した。もう人類がいないんだもん。ああ、なんて時代に目覚めちゃったんだろう。こんなことなら、本当にあと三百万年ほど寝ていればよかった。って、そこまでは冷凍睡眠装置がもたなかったっけ。

ま、それはさておき。

あたしたちが手にした機材は予想と違って古かった。だが、それは逆に利点でもあった。あたしとユリが途方に暮れないということだ。百五十三年ぶりに目覚めたあたしたちが、いきなり渡された戦闘艇を自分たちで整備できたのも、それが旧式だったからである。これが、百五十三年後の最新式だったら、あたしたちの手には負えない。機体のあちこちをチェックするどころか、操縦すら不可能だったんじゃないだろうか。

進歩の停滞は、人類にとって不幸な状況だったが、あたしたちにはすごく幸いした。

おかげで、あたしたちはなんらとまどうことなく、快速戦闘艇を手足のごとく操ることができる。

快速戦闘艇は、ゆっくりと、しかし、確実に高度を下げた。グリャージュに大気はない。重力は〇・一七G。標準的な人工重力よりもまだ弱い。

「光が強いね」

ユリが言った。光とは、エクラゼの放つ反射光のことだ。おかげで、昼の部分では十分な視界が確保できている。

「高度三千メートル」

あたしがカウントした。地平線のあたりで、何かがきらりと光った。コースを確認する。

「ドームだ」

つぶやくように、あたしは言った。

「まっすぐ行くわよ」

ユリが睨みつけるように、メインスクリーンを凝視している。地上からの攻撃は、依然としてない。すごく平和だ。でも、あたしたちはめいっぱい緊張している。何十年も前のシステムなんて、信用できたものじゃない。現実にバイオボーグの認識システムはもう狂ってしまっている。こんな有様では、いつあたしたちを敵と思いこみ、ミサイルやらビームやらをぶちこんでくるか、わかったものではない。気を抜いていたら、一瞬で撃墜される。

じりじりと高度が下がった。快速戦闘艇は、すでに着陸態勢に入っている。この機体は、垂直離着陸が可能だ。いざとなれば、どこにだって降りることができる。

「高度千五百」あたしはスクリーンの映像を切り換えた。

「突入まで、あと九十秒」

フローラの言葉が正しければ、ドームの頂上に入口がひらいている。システムが戦闘艇の接近を熱源探査で捕捉し、受け入れ準備に入ると彼女は説明した。

「ひらいてなかったら、どうしよう？」

独り言のように、あたしが言った。

「そのときはUターンするだけよ」こともなげに、ユリが言った。

「ケイがしっかり確認してくれれば、高度三百メートルでも大丈夫。ちゃんと再上昇してみせるわ」

「つまり、責任はあたしにあるのね」

「とーぜんでしょ」

スクリーン全体に、ドームが大写しになった。頂上付近は、まだはっきりと見えない。JB-α合金はいわゆる透明金属だが、いまは表面がハレーションを起こしている。内部をうかがうことができない。

「高度五百。距離二千」

さらに映像をズームした。

「あれだ」

あたしはスクリーンを指差した。戦闘艇のカメラが、ドームの頂上部をばっちりと捉えた。そこに丸い穴がある。直径は二十メートルくらいだろうか。思ったよりも大きい。

「オッケイ」ユリが言った。

「降りるわよ」

ドームに到達した。ユリの操縦に、ためらいは微塵もない。一気にドームの頂上めざし、戦闘艇を降下させていく。

メインの推進機を切った。同時に逆噴射。そして機体下面のノズルを全開にする。

瞬時、機体が空中で停止した。

すうっと、垂直に沈む。

なめらかな挙動だ。不快なGをほとんど感じさせない。うーむ、ユリってばうまいぞ。声にだしては褒めないけど、心の中で絶賛しておくぞ。

ドームの壁を通過した。あたしはカメラを切り換える。着陸地点を特定しないといけない。

真下に建物があった。軍事研究所の地上部分だ。小さなビルと、高さ百メートルくらいの塔がある。ビルの屋上がヘリポートになっていた。

「素直にヘリポートに降りてください。地上に着陸してはいけません。最初のシールドが発動し、戦闘艇を破壊します」

フローラの言葉が、あたしの脳裏に浮かんだ。

塔に沿って、降下した。細長い円筒形の塔だ。たぶん、アンテナだろう。システムのセンサーも兼ねているようだ。

着陸した。ヘリポートのど真ん中だ。すべてのエンジンが停止した。

沈黙がコクピットを包む。並列複座で、キャノピーはひとつ。あたしとユリはヘルメットをかぶっている。ムギはシートのうしろだ。そこにむりやり隙間をつくり、クァールの巨体を押しこんだ。

「みぎゃあああお」

不機嫌な声で、ムギが啼く。どうやら、ドームの中は妨害電波だらけらしい。通信機が生きていたら、スピーカーからはノイズが飛びだしたはずである。それも耳をつんざくようなけたたましいノイズだ。いま、ムギはそのノイズを全身で味わっている。だから、機嫌が悪い。ものすごく悪い。もっとも、しばらくすれば落ち着く。クァールは自分の能力を意志で制御できる。神経の一部をブロックし、フィルターをかけるように、ノイズをマスクしてしまう。その作業が終われば、機嫌も直るはずだ。たぶん。

あたしたちは、チャッキーの中で数分、待機していた。

何も起きない。

歓迎メッセージでも流れるかと思っていたが、そういうこともなさそうだ。

となると、こちらから勝手にでていき、研究所の奥に入りこみ、管理システムにアクセスしないといけない。そして、そのシステムの一部を破壊する。

「このまま、研究所を吹き飛ばせばすむって仕事だったら、簡単なのにい」

ユリが物騒なことを言う。しかも、言うだけでなく、放置しておくと、こやつは本当にそういうマネをやりかねない。

「とにかく、段取りどおり動こう」

肩をすくめ、あたしは言った。

コンソールのスクリーンに、文字が並んだ。ドーム内の空気の分析結果だ。空気は漏れていない。汚染もされていない。放射能の数値も正常値の範囲内にある。

スイッチを押した。キャノピーがひらいた。

あたしとユリはヘルメットを脱ぎ、チャッキーから降りた。うなりながら、ムギもあたしたちのあとにつづいた。

「けっこう新鮮な空気ね」

深呼吸し、ユリが言った。

「とりあえず、生命維持システムは完璧って感じだわ」

あたしは機体下部の格納庫をあけ、そこから火器をいくつか取りだした。超小型レイガンが銃把に仕込まれたビームライフルと、ハンドバズーカ。ほかに手榴弾や固形火薬も持ってきた。それぞれのホルスターには、ヒートガンとレイガンが納められている。

「じゃあ」

ユリが、あたしを見た。

「行きますか」

ヘリポートの端に、エレベータエリアがあった。そこに向かい、あたしたちは歩きはじめた。

5

エレベータエリアに立った。

床面に描かれた四つの黄色いポイントが、その位置を示している。

ポイントに囲まれた場所の真ん中あたりに、あたしとユリとムギが並んだ。ムギの啼き声がおさまっている。どうやら、フィルタリングが成功したらしい。

あたしは腰のベルトに吊したポーチから一枚のカードを取りだした。半透明のデータカードだ。

親指でパスワードを打ちこむと、カードの表面に図形が浮かんだ。この研究所の内部配置図である。カードはフローラから託された。おかげで手探りで進む必要がなくなった。

「ムギ、お願い」

ユリが言った。

「にゃ」

小さく答え、ムギが自分の足もとに視線を落とした。

巻きひげ状になった耳がかすかに震える。電磁波を操っているのだ。これにより、ムギは電子機器を遠隔操作することができる。

床が割れた。四つのポイントを基点にして、方形に割れた。

床が沈む。すうっと降りていく。最初はゆっくりと。それから加速がはじまり、以後は一気に地下をめざす。

降りる。

えんえんと降りる。

地下研究所の最上部は、ぶ厚い装甲板だ。さまざまな素材が層をなして数百メートルの深度まで埋めこまれ、あらゆる攻撃から研究所を守っている。フローラの話だと、大型ミサイルの直撃を受けても平気だという。ただし、横方向からの大きな地下変動には対処していない。そのちょっとした盲点が、研究所にダメージを与えた。戦艦落下の衝撃波が地層に裂け目をつくり、膨大なエネルギーが、その中へと流れこんだ。おかげで、あたしたちは安らかな眠りから起こされ、ここにくるはめになった。考えてみれば、迷惑な話である。

下降は、十数分つづいた。いいかげん飽きてしまう長さだ。うんざりしたころ、減速Gを感じた。ようやく、停まってくれるらしい。

さらに数分。

停止した。

扉がひらく。正面ではなく、左側の壁が横にスライドした。上を見ると、小さな四角があり、そこから空が覗いている。

扉をくぐった。カードに小さな光点がある。それで、あたしたちが研究所のどのあたりにいるのかがおおむねわかる。

がらんとした広い空間が広がった。

地下研究所の、ここが最上層だ。フロアは三層に分かれている。あたしたちの目的地は、この最上層だ。下のフロアに用はない。

フロアは明るく照明されていた。壁や天井が発光パネルになっている。あたしたちがきたから点灯したのか、それとも常時点灯しているのかどうかは不明だ。後者なら、エネルギーが潤沢に供給されていることになる。ちょっと信じられない耐久性だ。あたしの知ってる発光パネルの寿命は長くて十年くらいだぞ。

フロアに進んだ。まわりをじっくりと眺める。

地下フロアは、ドームの形状に合わせて、円形になっている。したがって、あたしたちの左右につづく壁も、緩やかな弧を描いている。

「空調も完璧ね」

ユリが言った。寒からず、暑からず。摂氏で二十二、三度くらいかな。驚嘆すべき管理システムである。八十年経っても、これだけの機能を維持できるなんて、さすがは未来技術だ。進歩が停滞していても、この程度のレベルにはなるということか。

「ぐるるるる」

ムギがうなった。おっとお、忘れていた。仕事、仕事。まずはシステムの端末を見つけなくてはいけない。

フロアの中央部に向かった。

円形フロアには、各種の装置がずらりと置かれている。配置はドーナツ状だ。ドーナツの中央部には、冷凍睡眠エリアがある。シリンダーの内側にカプセルがずらりと並び、その中でドクター・パニスとその仲間たちが眠っているとフローラは語った。

「ケイ、あれ」

ユリがななめ前方を指差した。あたしはその方向に目をやった。

壁に亀裂がある。大きな裂け目だ。しかも、周囲が黒く焦げている。床にも炎が走ったような痕がある。

「例の墜落事故の名残りってやつね」

あたしはうなずいた。なるほど。たしかに被害を蒙っている。ちょっと派手な感じがするけど、とくに致命的な損傷には見えない。でも、これがシステムの一部を破壊し、すごくまずい事態を引き起こしてしまった。

「造りが甘いのよ。この研究所」

ユリが文句を言った。

「はいはい」

適当に相槌を打ち、あたしは前進する。ここまできたら、もうあれこれ言ったところで、どうしようもない。

ムギが走りだした。

行手には、湖面に浮かぶ小島のように、コンソールボックスが林立している。装置と装置の間にある、それらコンソールボックスには、当然、システムをコントロールする端末が組みこまれているはずだ。

点在するコンソールボックスをひとつひとつ、ムギが調べはじめた。肩口の二本の触手で、パネルの上を丹念に撫でまわす。ときには、先端の吸盤で、キーを打ったり、スイッチを押したりする。

「あれ、使えそうじゃないかな」

装置を支えている大型のキャビネットを、あたしは指し示した。

「いいんじゃない」ユリが同意する。

「あっちのテーブルみたいなのもいけそうよ」

「問題は、システムに影響がでるかどうかね」

あたしは、キャビネットに近づいた。

これから何をするか？

要塞を築くのである。

ムギが端末を探している。見つかったら、アクセスを開始する。そして、すぐにシステムを構成するプログラムの一部を削除する。

これはシステム破壊だ。当然、システム側も反応する。防衛網が動きだし、先ほど研究所内に入った生命体（つまり、あたしたちだ）を敵とみなす。

敵は、すみやかに排除しなくてはいけない。ましてや味方に擬装して侵入してきた極悪人である。容赦はしない。……はずだ、とフローラは言う。

はずってなによ。それ、すごくまずいじゃない。

あたしはフローラにクレームを叩きつけた。

「事前に準備をしてください」

それが、フローラの回答だった。

端末のあるフロアには、さまざまな機材が置かれている。それと持ちこんだ武器を利用して、身を守る。ドーム防衛網による攻撃を封じる。対策はそれしかない。

「いつまで身を守るの？」

ユリが訊いた。

「わたしがドームに入り、システムを正常化させるまでです」

フローラは即座に答えた。

「だから、それっていつ？」

あたしがたたみかけた。

「わかりません」

フローラはかぶりを振った。

「わからない？」

あたしとユリの声がそろった。

「わたしはシャトルに乗船し、グリヤージュの孫衛星軌道で待機しています」フローラは言った。

「あなたがたがドーム内に到達して認識プログラムの解除がおこなわれただろうと判断したら、わたしも戦闘艇で降下します」

「ちょっと待って」ユリが、フローラの言葉をさえぎった。

「それって、もしかしたら、適当に動くってこと？」

「そのような見方も可能です」

「ざけんじゃないわ！」あたしが叫んだ。

「それじゃ、あたしたち、攻撃されっぱなしってことになる」

「できる限り、いいタイミングで赴けるよう、鋭意努力します」

「政治家の答弁か！」

あたしは切れた。

切れたけど、話は通じなかった。

たしかに、ドームからシャトルに通信を入れる手段がない以上、フローラは勘で行動せざるをえない。その事情は理解できる。理解できるが納得はできない。割りを食うのは、あたしたちなのだ。

その結果が、この有様である。

あたしとユリは、立ち並ぶ装置から引きはがした機材をせっせと床の上に積みあげた。

重力が低いおかげでできるけど、これが一G以上の環境だったら、あたしは投げるね。

人類の未来なんか、どーでもいい。あたしはやめる。ユリとふたり、最後の人類としてさびしい余生を過ごす。

「みぎゃお」

ムギの声が、フロアに甲高く響いた。

どうやら、いい端末があったらしい。啼き声のトーンで、それがわかる。

あたしとユリは、機材集めを中断し、ムギのもとへと走った。

けっこう離れた場所にあるコンソールボックスだった。デザインは、他のそれとほとんど同じ。半円状のデスクがあり、シートが一脚、据えられている。けっこう上等なシートだ。いかにも司令官クラスが使いそうな雰囲気がある。

デスクの前面には大型のスクリーンがあった。その前には操作パネルが大きく広がっている。ムギは上体をそのパネルの上にどさりとのせていた。

「ここでいいのね？」

ユリが訊いた。

「がおん」

ムギが首を縦に振った。

6

数時間をかけて、不細工な要塞を構築した。

見た目は、裏町のバリケードといった感じである。場末のギャングが組織をあげて喧嘩すると、アジトの前にこんなものがつくられる。

とにかく必死で、機材を掻き集めた。外せそうなものは、すべて外した。いくつか装置を床に落としたが、幸い警報などはまったく鳴らなかった。これは、通常のアクシデントレベルと判断されたのだろう。軍事基地の研究所なら、ふつうにあることである（本当か？）。

「どっから入るのよ？」

ユリが臨時要塞のまわりをうろうろしている。積み重なったガラクタで、コンソールボックスが完全に覆われた。これから、あたしたちはこの中にこもる。こもって、システムにアクセスする。

「入口はここ」

床ぎりぎりの場所にあけられた三十センチ四方くらいの穴を、あたしは指差した。

「あら、たいへん」ユリは目を丸くした。

「あたしはいいけど、ケイは腰のあたりがつっかえそう」

「ご冗談を」あたしはホホホと笑った。

「でも、胸はひっかかるかもね」

中に入った。

案に相違して、ふたりとも、穴をするりとくぐった。ムギは、最初から内側にもぐっている。ムギをシートにすわらせた状態で、機材をそのまわりに積みあげたのだ。

中は予想したよりも明るかった。コンソールを操作し、ムギがスクリーンに光を入れた。それが照明がわりになっている。なんか、穴居生活みたいで、ちょっとおもしろい。

穴の蓋を閉めた。ところどころから外の照明が漏れている。ふさぎ忘れたのではない。これは銃眼だ。ここから火器を突きだし、撃つ。はっきりいって、すっごく原始的な要塞である。でも、ないよりはまし。とにかく、あたしたちはこれで数時間（もしかしたらそれ以上）、必死で耐えぬかなければならない。

武器の設置完了。要塞の外にはトラップも仕掛けた。

ムギがシートから降り、そこにユリがすわった。あたしはヒートガンを構えて、いざというときに備える。いわゆるバックアップマンってやつね。通称ＢＵＭ。飲んだくれの売春婦かよ、あたしは。

「はじめるわ」

ユリが言った。

ムギの巻きひげが細かく震えだした。肩の触手がコンソールに向かって伸びる。先端の吸盤が、キーやスイッチを探る。

ユリも両腕をパネルの上に置いた。細く、白い指先が躍るように上下する。

ユリがオペレータだ。ムギはハードを操作している。あたしは……貧乏くじを引いただけだね。上体を半身にして、横目でスクリーンを見つめている。

白光を放っていたスクリーンの画面に、新しく小さな窓がひらいた。そこに、図形や記号、数字が浮かびあがった。

「………」

ユリもあたしも、完全に口をつぐんだ。

空気がぴんと張りつめる。

さすがのユリも、この作業に関しては、まじにならざるをえない。ミスったら、おしまいだ。すさまじくまずいことになる。しかも、これはうまくいってもたいへんなことになるのだ。どっちに転んでも、見通しが暗い。でも、やらなくちゃいけない。

時間が過ぎていく。

淡々と過ぎていく。

「ストップ」

小さな声で、ユリが叫んだ。

画面の動きが、ぴたりと停まった。

わずかに首をひねり、ムギがユリを見る。

「ここね。たぶん」

腰のポーチからカードを取りだし、それをコンソールのスロットに挿しこんだ。フローラから渡されたデータカードだ。中にはシステムを書き換えるためのプログラムが入っている。

「オッケイ。慎重に動かして」

再度、ムギに向かってユリが指示をだした。いやもう、緊張感がみなぎりっぱなしだ。あたしのすべすべしたお肌も、ぴりぴりとしている。これから、ユリは認識システムの一部をロックし、そこの機能を完全に停止させなくてはいけない。一部というのは、文字どおり一部だ。ピンポイントと言っていい。よけいなところをいじると、一気に破綻する。システム全体が崩壊し、中身すべてがバックアップのそれと入れ替わって、何もかもが振りだしに戻る。おまけにパスワードも変わってしまうから、もう二度とアクセスできなくなってしまう。フローラからもらった情報で作業できるのは、一回限りだ。

そのワンチャンスに、人類の未来がかかっている。

「ロック、完了」

つぶやくように、ユリが言った。

指がパネルの上を走る。書き換えプログラムが作動した。システムの改竄を開始した。

作業は数秒で終わった。画面に「完了」の文字が表示された。

いっせいにため息が漏れる。あたしもユリも、息を詰めて、スクリーンを見つめていた。たぶん、七分ぐらい呼吸していなかったと思う。体感時間だけど。

「ふみゅう」

なぜか、ムギまで大きく息を吐いた。

ユリが素早く、結果を確認した。プログラムを調べ、ターゲット部分が削除されているのかどうかをチェックする。さらに、よけいなところにダメージを与えていないのかも見る。

「問題なし」ユリが言った。

「大成功」

やったー！　あたしは両手を挙げ、ばんざいをしようとした。

そのときだった。

甲高い電子音が、あたしの耳をつんざいた。

それはもう、びっくりするほどすさまじい警報だ。

スクリーンの色が変わった。

真っ赤になった。画面のそこらじゅうに、「ALERT」の文字が出現する。あっという間に、ALERTだらけになる。

あたしは、身をひるがえした。銃眼にヒートガンの銃口を突っこみ、べつの隙間から要塞の外を見た。隙間には超広角レンズのスコープがはめこまれている。スコープを覗けば、フロアの様子のあらかたがわかる。

そして。

床がひらいていた。壁もそこかしこが割れ、矩形の口が無数にあらわれている。

そこから何かが飛びだしてくる。

ロボットだ。

銀色の小型ロボット。

羽音が響く。わんわんと反響し、あたしの耳朶《じだ》を打つ。

そう。

昆虫型ロボットだ。起きぬけのあたしたちを襲ったあの昆虫型ロボットの群れ。あれは、この研究所のガードロボットだった。だから、フローラはあたしたちの腕を試すのに、このロボットの複製品を使った。

「軍のプロトタイプです」フローラは言った。

「もっと小さくし、もっと本物に近い外観になるように、所内で実戦テストを繰り返していました。ガードロボットとして採用したのも、そのテストの一環です。完成し、制式採用されたモデルではありませんが、強力な人工知能搭載兵器です。敵と認識した目標を徹底的に攻撃します」

まいったね。フローラの言葉は嘘じゃなかった。このプロトタイプは、からだがでかいぶんだけ、実用化モデルよりも載せている火器が強力である。

スクリーンの映像がホワイトアウトした。画面全体が、真っ白になった。

「あたしたち、侵入者としてシステムに認識されたわ」ユリが言う。

「あたしとケイとムギ。いま、ムギが解除しようとしたけど、だめだった。攻撃してくるわよ。いっせいに」

ロボットは、陸続とでてきた。数は、まったくわからない。百以上は、たくさんだね。数字では表現できない。明らかなのは、フローラがあたしたちを試すのに使ったロボットは、この群れの千分の一にも満たなかったってこと。それくらい多い。

床と壁が、無数の昆虫型ロボットで埋まった。少なくとも、あたしの視界の九十八パーセントくらいは、昆虫型ロボットで占められている。二パーセントは、このガラクタ要塞のまわりだ。数メートルの距離を置き、ロボットの群れはあたしたちを取り巻いている。

先制するか。それとも、向こうの攻撃を待つか。

あたしは待った。もしかしたらという思いがどこかにあった。何も起きないまま、睨み合いがつづく。それでいい。そのあいだにフローラがここにきてくれるのなら、それが最高だ。二十時間でも、三十時間でも、あたしは待ってやる。

でも。

世の中、そんなにうまくはできていなかった。

閃光が疾った。

青白いビームが幾条もほとばしった。

昆虫型ロボットが、侵入者に対する攻撃を開始した。

と同時に。

あたしは右手に握っていたカードのスイッチを指先で弾いた。

轟音が湧きあがった。

床がうねるように跳ねた。

7

仕掛けておいた爆弾が炸裂した。

あらかじめ床面のそこかしこに貼りつけておいたやつだ。八発ほど点火した。

これで、迫りくる昆虫型ロボット、通称インセクター（いま命名した）の数が少し減った。減ったと思う。減ったはずだ。減っていたらいいな。減ってよ！

広角レンズ越しに見ているあたしの視界の中では、まだインセクターがびっしりとひしめいている。はっきり言って、かけらも減っていない。でも、間違いなく、爆弾八発ぶんは、吹き飛ばした。たぶん、数十体。いや、それ以上かな。

減ったように見えないのは、インセクターが多すぎるからだ。

「だめよ。あんなせこい爆弾じゃ」

あたしの横にユリが移動してきた。覗き穴は、もうひとつ用意してある。ユリはそこに目をあてた。

「ほら、ぜんぜん効果ないわ」ぶつぶつと文句を言う。

「やっぱ、このフロアをまるごと吹き飛ばすくらい仕掛けないとだめね」

こらこら。そんなことしたら、ドクター・パニスご一同もお陀仏だぞ。ここにきた目的を間違えるんじゃない。

「みぎゃっ」

ムギが鋭く啼いた。

警戒しろ。そういう声だ。

あたしは、あわてて広角レンズに右目を戻した。

光条が錯綜する。脳の中で、光が爆発する。

まぶしい。

すさまじく、まぶしい。反射的に、あたしはアイピースから目を離した。

攻撃だ。インセクターどもが、この要塞に向けて攻撃を開始した。

「ぎゃあ」

ユリが下品な悲鳴をあげた。どうやら、ビームの光をまともに見てしまったらしい。

反応があたしよりも少し遅れたのは、もちろん、ユリがやたらととろいからである。学生時代、あいつはヘレンちゃんと呼ばれていた。トロイの美女である。美女は間違いだが、トロイは正しい。あたしが保証する。

「うぎゃううう」

ムギがうなる。首をぐるぐるとまわし、耳の巻きひげを盛んに震わせている。

「ビームの集中攻撃よ」あたしが言った。

「やけくそで撃ちまくっているね」

あたしは、起きぬけの腕試しを思いだした。

あいつらは頭部からビームを放つ。さらに電撃も使う。何万ボルトにも及ぶ放電だ。状況に合わせ、持てる力のすべてを揮《ふる》う。

要塞内部の温度が、少し上昇した。たぶん数千体はいるであろうインセクターが、いっせいにビームをここに撃ちこんでいる。そのわりによく耐えているバリケードだが、それは、事前にあたしたちが入念な細工を施しておいたからだ。

反射材のコーティングである。

昆虫ロボットが防御を固めていると聞き、あたしたちはフローラに対し、アンチビーム兵器用のコーティング塗料を要求した。しかも、塗装後は絶縁被膜を形成することを条件とした。これで、ビームにも放電にも対抗できるようになる。

フローラは、あたしたちの希望を容れた。本当に、注文どおりの反射材を用意した。どうやら、あたしたちがお肌に塗っている液状耐熱ポリマーを転用したらしい。たしかにあれは、超超超強力だ。

それをあたしたちは、組みあげた要塞にべたべたと塗った。あきれるくらい、ぶ厚く塗りたくった。水商売のねーちゃんも真っ青である。なんたって、これが命綱になるのだ。一、二時間ではがれちゃったら、おしまいである。ビームの束を浴びっぱなしで、六時間は大丈夫というレベルをめざした。

ばちばちばち。

ほとんど見えないけど、コーティングが火花を散らしている。

あたしは反撃を諦めた。銃眼はふさいである。これをあけることは、もうできない。あけたら、内部にビームが入ってくる。小さな隙間だが、これだけ撃ちまくられていたら、どうしようもない。確実に幾条かはその狭い空間をすりぬける。そうなったら、この要塞はもろい。なにしろそこらあたりから掻き集めた機材をぐしゃぐしゃと積みあげただけの代物だ。少しでも灼かれたら、一気に崩れる。あたしたちはガラクタの下敷きになる。

我慢。我慢。我慢。

辛抱。辛抱。辛抱。

忍耐。忍耐。忍耐。

少しでも攻撃レベルを低下させようと、ムギがしきりに耳の巻きひげを震わせる。ムギは、その力でロボットの制御を狂わせることが可能だ。しかし、この状況では、それがほとんど効かない。攻撃当初からずうっと震わせつづけているが、ビームの嵐はいっこうに熄《や》む気配がない。というか、どんどん激しくなっている。

時間が流れた。

えんえんと流れた。

完全な膠着状態である。

インセクターの攻撃は半端じゃなくすさまじい。だが、一定の限度がある。けっして桁違いのエネルギーを用いているわけではない。理由は、うちらの爆弾と同じだ。あいつらの仕事は、冷凍睡眠している人たちを守ることにある。だから、このフロア全体に潰滅的損害を与えるような攻撃はまったくできない。攻撃の範囲は、この間に合わせ要塞だけに絞られている。使える総エネルギー量にも、制限がある。

とりあえず、こちらに利あり。あたしは、そう判断していた。その結果が、この膠着状態だ。このまま事態が推移するのなら、願ったり叶ったりである。

永遠とも思える時間が、またたく間に過ぎた。矛盾した表現だが、そうなんだから、しようがない。待つ身はつらいのだ。時間経過が、あきれるほどのったりしている。コールタールのプールで泳いでいるようなもどかしさだ。そんなとこで泳いだことないけど。

体感時間は、五百年――いや、一千年くらいに及んだ（実際は、まあ三十分前後だね）。

しかし。

しかし、しかし、しかし。

敵は意外な作戦にでた。

そんなことするとは、かけらも予測していなかった。昆虫ロボットは、気が短かったんだ。いわゆる〝いらち〟というやつである。うだうだといつまでも同じ攻撃をつづけることを嫌い、手っとり早くかたをつける道を選んだ。

唐突に膠着状態が終わった。

インセクターは、こう考えた（たぶん）。

この美しくて賢い侵入者を排除するのは簡単ではない。総力を挙げれば、時間をかけずに殲滅できるが、それをすると、フロア全体を破壊してしまうことになる。それは避けたい。

問題は、侵入者が、このフロアにいすわっていることだ。

フロアは、ほかにもある。他のフロアに守るべき対象者はいない。

侵入者を他のフロアに移す方法はあるか？

ある。侵入者のいる部分だけ、床を抜けばいい。そうすれば、かれらは下のフロアに落下する。このフロアからいなくなる。

冗談じゃない。んなこと、ふつーは考えないよ。この昆虫ロボットの人工知能、どっかおかしい。

でも、こいつらは、本当にそれをやった。床抜き作戦を実行に移した。

インセクターの猛攻撃の主力は、要塞のコーティングを灼いてはいなかった。それは、単なるめくらましだった。どーりで、けっこう要塞がもったはずだ。インセクターが有している総火力を十としたら、要塞に向けられているビームは、そのうちの一か二程度といったところであった。あとの八から九のエネルギーは、すべて床を灼くのに使われていた。

半球形に積みあげられたガラクタの、丸い外縁に沿って床を灼き融かす。

床は頑丈だった。厚さ数メートルはあっただろう。でも、特殊コーティング剤でばっちり固められたあたしたちの急造要塞よりは融かしやすかった。構造的に強いのと、ビーム攻撃に強いのとでは、強さの話が違う。

ずぼっと床が抜けた。

何が起きたのか、しばらくはわからなかった。

ふいに落下Gを感じた。

低重力といっても、落ちるものはちゃんと落ちる。無重力ではないのだ。

モニターの光が消えた。コンソールで明滅していたLED表示もすべてブラックアウトした。まわりが真っ暗になった。

「え？　え？　え？　え？　え？」

パニック状態に陥った。思考能力ゼロ。要塞は残っている。穴ひとつあいていない。背後にシートもある。ユリも一緒だし、ムギのうなり声も耳に届いている。

バランスが崩れ、床がななめに傾いた。肩が要塞の壁に触れた。固定しきれていなかったパーツが、ぱらぱらとあたしの顔やからだに当たった。

「なんか、へんよ、ケイ」

とんでもなくのんきなユリの声が、あたしの左手あたりから聞こえてきた。

「あたしたち、落っこちてるみたい」

言われて、あたしは理解した。あのユリよりも気づくのが遅かったのは、人生最大の不覚だが、とにかく、状況を把握した。何が起きたのかを、ほぼ完全に察した。

床を抜かれた。

あたしたち、墜落している。

やられたああああああ！

第三章　追われ追われて、地下深く

1

反射的に、からだが動いた。

下のフロアまで、何メートルあるのかは、ぜんぜんわからない。とはいえ、三メートルくらいということはないだろう。そのあたりの民家じゃないんだから。

落ちるんなら、足から落ちようと考えた。

でも、泡食っているので、上下がよくわからない。ちょっとじたばたする。

とにかく、激突のショックをなんとかしなくてはいけないのだ。まさか床にマットレスが敷いてあるなんてことはない。というか、敷いてあったら、不自然だ。重力は六分の一G弱。低重力である。しかし、高い位置から落ちれば、それなりにやばい。おまけに、いまの状態だと視界がゼロだ。要塞と一緒に落ちているので、周囲は真っ暗である。

足もともくりぬかれた床材で、何も見えない。

「みぎゃっ」

鋭くムギが啼いた。

以心伝心。何が言いたいのか、あたしにはわかる。

背中に乗れ。ムギは、そう言っている。

スカイダイビングの要領で風を受け、あたしはムギの横まで移動した。ムギの背中に手をかけ、足を振りあげた。

「いったーい！」

爪先に何かが当たった。

見ると、ムギをはさんで反対側に、ユリがいる。ユリも、ムギの背中にまたがろうとしている。その肩口に、振りあげたあたしの爪先が命中した。

ちっ、顔面を外したか。

なんて、そぶりは、かけらも見せない。

「悪いー。ごめん」

さりげなく謝り、あたしはあらためてムギの背中にまたがった。ユリは、あたしの背後にもぐりこんだ。

よっしゃあ。これで準備完了。いつ、床に叩きつけられても平気だぞ。

と思ったとたん。

すたっと、ムギが着地した。

ムギの背中がうねる。

あたたたたた。

腰が大きく跳ねあがり、あたしは振り落とされそうになった。あわてて両腕をムギの首に巻きつけ、バランスを保った。

「暴れないでよ」

ユリが文句を言う。

どうやら、ユリは運よく着地のショックを吸収できたらしい。ま、たまにはこういうこともあるわ。あたしは運動神経がよすぎるから、反応が速くなってしまうのよ。……って、反論しようと思い、振り返ったら、あたしのうしろにもうユリがいない。

どかどかどかっ！

瓦礫が落ちてきた。というか、ちょっと前まで要塞だったものが、あたしの頭上に崩れ落ちてきた。

当然といえば、当然である。あたしたちはガラクタ要塞に囲まれて落下していたのだ。あたしが着地すれば（正確にはムギだが）、ガラクタも着地する。でもって、そこにはあたしがいる。

ムギが触手を振りまわした。おかげで、大きな瓦礫は四方に弾き飛ばされた。けど、細かいのがいくつか、あたしの頭を直撃した。その中には、太い金属パイプもまじっていた。

てててて。

「ケイって、馬鹿？」

下から声が聞こえた。

ユリの声だ。

痛む頭をかかえ、姿を探した。

ムギの腹の下だ。いつの間にか、そんなところに身を移している。いつもは、とろいやつなのに、なんで？

「んなの、わかってることじゃない」勝ち誇るように、ユリは言った。

「なにごとも先を予測して行動する。トラコンの基本よ。たっぷり寝すぎて、いろいろと忘れちゃったみたいね」

小憎らしいことを、平然とほざく。

「どうってことないわ。こんなの」

激痛に耐え、けなげなあたしは、ムギの背中から降りた。とりあえず、余裕をかまさないと、あたしの矜持が傷つく。

首をめぐらし、なにごともなかったかのように、あたしは周囲を見まわした。

ほんのりと明るい。

あまり広くない部屋だった。ワンルームマンションの一室といった感じである。壁と天井が発光パネルになっているのは、上のフロアと同じだ。しかし、そのパネルのほとんどが光を失っている。だから、そんなに明るくない。

「焼け焦げてるわ」

ユリが言った。

そうなのだ。

この部屋には火が入った。というか、これは爆発だ。爆弾が投げこまれ、それがここで破裂した。同時に火災も起きた。そういうふうに見える。

「めちゃくちゃね」

ユリが壁の前に進み、その表面を指先で撫でた。

「みぎゃお」

ムギが啼いた。警報のような一声だ。

上に向かい、ムギは首を振りあげた。あたしは、その動きを目で追った。

頭のずうっと上。

天井を見た。

穴があいている。大きな穴だ。白い光が漏れ、その光が一条の筋になっている。

光の先には、上のフロアがある。

そこには、インセクターの大群がひしめいている。穴があれば、そこを通る。すぐにここまでやってくる。

忘れてた。まったりしている場合じゃない。あたしたち、いまは完全に無防備だ。

左右に目をやった。床にヒートガンが落ちていた。それを、あたしは拾いあげた。

穴の真下に瓦礫がある。その瓦礫の隙間にヒートガンのグリップを突っこんだ。銃口を天井の穴に向け、銃身を固定する。モードをパルスに設定。金属パイプでトリガーボタンを押す。

熱線がほとばしった。ボタンは押しっぱなしだ。エネルギーチューブが空になるまで、このヒートガンは天井の穴を撃ちつづける。そのあいだ、インセクターはこの穴を通過できない。たぶん。

「ケイ、これ」

ヒートガンをセットし終えたあたしに、ユリがビームライフルを投げてよこした。ユリはユリで、残りの火器をすべて、瓦礫の中から回収したらしい。ユリはハンドバズーカを脇にかかえている。

あたしはデータカードを取りだし、スイッチを入れた。いまどこにいるのか、それを確認しないといけない。

だが。

カードは反応しなかった。あたしの顔がひきつった。

「なにこれ？」あたしのデータが入ってない」

「このフロアのデータが入ってない」

「どういうことかしら」

ユリが横からカードを覗きこんだ。カードにはエラー表示が浮かんでいる。

「ここにくるはずがないと思って、入れなかったのかもしれない」あたしは首をわずかに傾け、言った。

「あいつ、抜けてるとこは思いっきり抜けてるバイオボーグだから」

「同感」

ユリがうなずいた。

「うがうぅ」

小さくうなって、ムギがあたしたちを呼んだ。

振り向くと、ムギが壁ぎわにいる。耳の巻きひげが、ほんの少し震えた。

壁がひらいた。一部が四角く割れ、すうっと横にスライドした。

おお、これは！

扉じゃないの。

とりあえず、天井に穴があいているのはこの部屋だけだ。ここから逃げて扉を封鎖してしまえば、もうインセクターはあたしたちを追ってこられない。

「行くわよ。ユリ」

あたしは体をひねり、ユリに向かって声をかけた。

あれ？

ユリがいない。

「何してんの。ケイ」

ユリの声が響いた。

見ると、もうムギとユリが扉の向こう側にいる。

こら。どうして、きょうのおまえはぜんぜんとろくないのだ。それどころか加速装置がついたみたいに速いぞ。

「置いてくわよぉ」

ユリとムギが、くるりときびすを返した。

「見捨てちゃ、だめえ！」

あせりまくって、あたしは扉をくぐった。

外にでるのと同時だった。

扉が閉まった。ムギがまた巻きひげを震わせている。扉をロックした。これでもう破壊しない限り、この扉はひらかない。

「通路だわ」

ユリが言った。

「本当だ」

あたしは左右を見た。

部屋の外は、細長い通路だった。やはり、ほのかに明るい。壁と天井が発光パネルになっていて、その多くが消灯している。さっきの部屋とまったく同じだ。焼け焦げだらけなのも一緒である。

「ここにも火がまわってるね」

あたしはてのひらで壁に触れた。煤がべったりとついた。

がしゃり。

音がした。

「え？」

一瞬、気のせいかと思った。

がしゃり。

がしゃり。

音がつづく。

「がるるる」

ムギが身構え、うなった。

いやな予感がする。

音は左手からだった。通路の先だ。そこに枝通路がある。

がしゃり。

壁に黒い影が淡く広がった。

2

影の正体は、戦闘用ロボットだった。

形状が蜘蛛に似ている。おそらく、これも試作品の人工知能兵器のひとつなのだろう。ここの新兵器開発担当者は、よほど昆虫が好きだったと思われる（蜘蛛は昆虫じゃないけど）。

ロボットは、細い八本の脚でなめらかに動いた。枝通路からあたしたちのいる通路にでてきた。

すうっと壁を駆け登る。と同時に、その頭部が回転し、ビーム砲とおぼしき火器の銃口があたしたちを捉えた。

まずい。攻撃される。ムギにまかせたいが、位置がよくない。距離も離れている。

「ケイ、どいて！」

ユリがあたしの前にでた。

ハンドバズーカを肩に載せ、トリガーボタンを押した。

轟音とともに、ロケット弾が射出された。

ビームが放たれる直前。

ロケット弾が、ロボットの頭部で炸裂した。

「がおん！」

またまたムギが呼ぶ。

通路の反対側だ。十メートルくらい先。そこに、新しい扉が口をあけている。ムギがひらいた。そこに入ろう。ムギはそう言っている。このフロアを徘徊している戦闘用ロボットは、おそらくあれ一体ということはないだろう。この狭い通路で、あんなのに団体で襲われたら、明らかにこちらが不利だ。それよりも、とりあえずは逃げるに限る。

絶対にそのほうがいい。

というわけで、あたしたちはダッシュした。あたしはユリの襟首をつかみ、まわれ右である。ユリ、一発撃った余韻に浸っている余裕はこれっぱかしもないんだよ。

「やだあ。引きずらないでよ」

ユリのクレームを無視して、扉の奥へと飛びこんだ。

すかさずムギがドアをロックする。

がらんとした部屋だった。

「ここも同じ」

足を止め、あたしはつぶやいた。

黒焦げなのだ。この部屋も。壁、床には無数にひびが入り、大きな裂け目もいくつかある。

あたしは、フローラの説明を思いだした。

グリヤージュの基地と軍事研究所は、その大部分が破壊され、放棄された。そこをドクター・パニスが混乱に乗じて占拠した。

なるほど。状況が呑みこめた。ドクターが占拠し、修復して使えるようにしたのは、最上層だけなのだ。あとは、戦闘で破壊されたそのままになっている。だから、データカードに情報が入っていなかった。

「感じとしては、研究員の居住区域って雰囲気ね」

ユリが言った。

YAS.

「さっきのロボットは、なんだろう？」

あたしは自問するように訊いた。

「このフロアのガードマンの生き残り」ユリが答えた。

「あるいは、念のため、下の階層にも歩哨を立てておいたとか」

「後者でしょうね」あたしは小さくうなずき、言った。

「インセクターの一員よ。でも、ああいうのがいるとなると、油断はできない。一か所に留まっていたら、確実に追いつめられる」

「うみぎゃ」

ムギが啼いた。部屋の突きあたりにいる。そこの壁が、またもや四角くひらいた。

「んなとこにもドアがあるの？」

あたしはちょっと驚いた。まるで裏口である。

「おもしろーい」

ユリがひらいた扉の前に行き、その中に首を突っこんだ。

「部屋の向こうも部屋になってる。通路じゃないわ」

「スイートルームなの？」

あたしもユリのあとを追った。

本当に、べつの部屋にでた。

「ぐるるる」

ムギが走る。その部屋の奥に進む。

壁がひらいた。

おやまあ。

部屋がある。

「各部屋にドアがふたつずつあるってことね」ユリが言った。

「ひとつは通路に、もうひとつは他の部屋につながっている」

「通路にでないで、部屋から部屋を渡っていこう」あたしはムギの背中をぺたぺたと叩いた。

「通路はやばそうだけど、部屋の中なら、ガードマンはいない……ような気がする」

「気だけね」

ユリがにやっと笑った。これは、あたしも同じ判断よというサインだ。

向かう方向をたしかめながら、前進を開始した。通路を行くのと違い、部屋から部屋への移動は方角がわからなくなる。へたをすると、堂々めぐりをしかねない。いつの間にか出発点に戻り、さっきの蜘蛛型ロボットや上から降りてきたインセクターの大群と鉢合わせなんて、絶対にごめんだ。

慎重に、かつ迅速に歩を運んだ。目的は、ずばり時間稼ぎ。システムを書き換えてから、すでに標準時間で三時間ほどが経過した。まだフローラがここにきた気配はない。あたしの勘では、あと数時間は粘る必要がある。そのために、あたしたちはこのフロアをうろうろする。追っ手の目を逃れ、フローラの到着を待つ。

しかし。

あたしたちの読みは、くやしいことに甘かった。ショートケーキに砂糖をまぶして蜂蜜をかけたくらい甘かった。

「がうっ！」

とつぜん、ムギが血相を変えた。

牙を剝きだし、背中を丸め、全身の毛を針山のように逆立てた。

壁を睨み、しきりに巻きひげを震わせる。触手をうねうねと振る。

警報だ。

あたしとユリは手にした武器を急ぎかまえた。あたしはビームライフルを腰だめに。

ユリはハンドバズーカを肩の上に。

どおんと爆発音が響いた。

壁が崩れる。目の前の壁、全面だ。ビーチでつくった砂の城が崩れるように、ざばっと崩壊した。

あたしはビームライフルを撃つ。パルス状に撃ちまくる。

砂煙を破り、インセクターが出現した。数十体がいっせいに飛びだしてきた。

ユリがハンドバズーカで応戦した。群れの真ん中でロケット弾が爆発する。

火球が広がった。あたしたちと壁との距離は、およそ七、八メートル。けっこう近い。

熱風があたしたちを包む。ごおと風がうなる。

「みぎゃっ！」

ムギがあたしたちを呼んだ。うしろの壁だ。そこに扉がひらいている。

ビームライフルを乱射し、あたしは後退した。

ユリがドアをくぐった。すぐにあたしもつづく。最後がムギ。

扉が閉まった。ロックがかかった。

ムギが体をひるがえした。がらんとしていて焼け焦げた部屋。扉がひらく。入ってきたのとはべつの扉だ。むろん、そこに飛びこむ。ためらうとか、方角を見るとか、そんな余裕は、もうどこにもない。

逃げた。

何も考えずに、逃げた。

尻に帆かけてとは、まさにこれだ。どうして、あいつらにあたしたちの居場所がわかってしまったのか、そんなことはどうでもいい。まず逃げる。無条件で逃げる。

いくつ扉をくぐったのだろう。

ふいに部屋の雰囲気が変わった。

リズムが狂い、思わずたたらを踏んでしまう。

この部屋は。

広い。

これまでに通過してきた部屋とはぜんぜん違う。数倍の広さがある。なによりも、向こう側の壁までが遠い。淡い照明の彼方で、ぼんやりとかすんでいる（嘘）。

「なんなの？　ここ」

ユリもびっくりしたらしい。目を丸くして、足を止めた。

他の部屋同様、この広い部屋も破壊の痕がひどい。ただし、破壊の感じが少し異なっている。何もなくて、ただ焼け焦げているというのではない。そこらじゅうに融け崩れた金属の塊がある。それが床の多くを埋めつくしている。

「これって、コンソールデスクのなれの果てじゃない？」

あたしは金属塊をじっくりと観察した。なぜか、逃げることを忘れてしまった。なんとなく、ここまできたら、しばらくは大丈夫という予感もあった。論理的根拠は、皆無だけど。

「配置から見て、ここは一種のコントロールルームね」ユリが言った。

「たぶん、あっちにスクリーンパネルがあったはず」

右手を指差した。

「何をコントロールしてたんだろう」

あたしは小首をかしげた。

「居住区域の環境」

「そんなの自動ですむわ」ユリの言を、あたしは否定した。

「こんなすごい施設は必要ないでしょ」

「軍事研究所だから、いろいろあるのよ。何か起きたら、すぐに対処しなくちゃいけないし」

「サブのコントロールルームってやつね」

「そう。いざとなったら、ここで実験階層の管理をおこなう」

「けっこう、いい推理かも」

「なーご」

ムギが啼いた。

視線を移した。

いない。

ムギの姿がなかった。

3

　ムギを探した。

　スクリーンパネルがあるはず、とユリが言ったあたりにまで進んだ。そこにも融け崩れた金属や樹脂の塊がうず高く積もっている。

　ムギは、そのスクラップの蔭にいた。

　まわりこむと、ムギが瓦礫の山を前肢でひっかいている。

「うみぎゃ」

　触手を振った。

「何かあるの？」

　ユリが訊いた。

　肩を並べ、あたしとユリがムギの足もとを覗きこんだ。

　こ、これは。

　扉だ。

　床に小さな扉があった。そこに口がひらいている。だが、中がどうなっているのかは、まだまったくわからない。扉の下に、もうひとつ扉があるからだ。

二重扉である。幅一メートル弱、縦はもう少し長い矩形の扉だ。とりあえず、ムギは第一の扉をあけた。そして、その下数十センチのところに、第二の扉を見つけた。そこで、一啼きして、あたしたちを呼んだ。

「隠し部屋への入口って感じね」

あたしが言った。

「入ったほうがいいかしら？」

ユリが、あたしを見る。

「うーん」

あたしはうなった。

いまの状況なら、絶対に入るべきである。迫りくるインセクターの群れに対し、あちこち逃げまわっているが、このフロアにいる限り、どうあがいてもいつかは追いつめられる（もちろん、フローラがきてくれれば話はべつよ。すべて解決する）。それなら、こういうところにもぐりこみ、身をひそめたほうが安全だ。

問題は、この中がどうなっているかである。

中に入ったら、そこはインセクターの控室だったなんてのは、まるでしゃれにならない。二重扉をあけたとたんに、どどどっと飛びだしてくる可能性も十分にある。

どうするか？

「ムギ、決めて」

あたしは言った。

「あ――」

ユリが倒れた。

仕方ないでしょ。わかんないんだからぁ。

「みぎゃおおぅ」

ムギが首を穴の中に突っこんだ。例によって、耳の巻きひげが振動している。

数秒、じっとしていた。

「みゃっ」

おもてをあげ、あたしに視線を向けた。

大丈夫。その鋭い双眸が、そう言っている。たぶん。

「まかせた」

あたしはきっぱりと言う。もう、そうするしかない。

ムギは即座に反応した。

第二の扉を睨む。この扉、けっこう難物らしい。おそらくキーが暗号化されているのだろう。

三十秒くらい、ムギは扉を凝視していた。

低いモーター音が聞こえた。

黒い第二の扉が、ゆっくりとひらいた。中央でふたつに割れ、それぞれが左右にスライドした。

反射的に、あたしとユリは火器をかまえた。ムギの肩ごしに銃身を突きだした。

緊張の時間が流れる。

ややあって、あたしはほおと息を吐いた。

何もでてこない。

「大丈夫……みたいね」

ユリが言った。

ムギが矩形の穴にもぐった。まかせたとあたしが言ったから、率先して入っていくつもりらしい。えらいぞ、ムギ。ペットの鑑だ。

ムギにしてみればかなり狭い穴だが、頭さえ入れば、どうってことない。するするともぐっていく。

ムギのあとに、あたしが入った。両腕でからだを支え、足から落とした。バランスを崩しても、下にはムギがいる。きっとムギがあたしを支えてくれる。

ふわりと着地した。

着地？

爪先で探ると、足もとが階段になっていることがわかった。

いったん二メートルほどまっすぐに沈んでから、わりと角度の浅い階段をしばらく下る。そういう構造だ。

地下室ってことかしら。

ムギは、もういない。とっとと階段を降りている。あたしもすぐにそのあとを追った。明りがないので、ハンドライトを取りだし、点灯した。背後からも光がくる。ユリの持つハンドライトだ。ユリが入ったところで、ムギは扉をふたつとも閉じた。外の光はまったく射しこんでこない。

ゆっくりと足を運び、階段を下りきった。あまり慎重に動いたので、思わず、段数をかぞえちゃったよ。三十六段あった。意外に深くない。

階段が終わったところで、ムギが待っていた。見ると、行き止まりになっている。

「扉でしょ」

ムギに向かい、わたしは言った。扉でないと困る。こんな狭い場所で立往生なんて、願い下げだ。

「うみゅ」

ムギが巻きひげを震わせた。

また、しばらく時間がかかった。ここ、やけにロックが厳重である。いったい、なんのためにつくられた空間なんだろう。

扉がひらいた。今度は上にスライドした。ごくふつうのサイズのドアだ。

いきなり、明るくなった。

「おお」

思わず、声をあげてしまう。

扉をくぐった。

部屋があった。予想以上に広い部屋だ。しかも、まったく焼け焦げていない。壁と天井の発光パネルは、そのすべてがちゃんと機能している。

「わかった。地下ＶＩＰルームだ」

ユリが言った。

なんやねん、それ。

突っこみを入れたくなる。そんなこと、あるわけない。

部屋の中をざっと眺めてみた。調度らしきものは、何もない。でも、雰囲気的に生活の場といった感じがある。たぶん、発光パネルの壁の一部は収納空間になっているはずだ。

「パニックルームだわ」

つぶやくように、あたしは言った。

「パニックルーム？」ユリがあたしを見た。

「マンションとかにある、隠し部屋？」

「そう」あたしはうなずいた。

「侵入者なんかがあったとき、救援が駆けつけてくれるまで一時的に避難するところよ。ここは、基地内にある軍事研究所。パニックルームが設けられていてもぜんぜんおかしくない。ううん。あって当然だと思う」

「そっかあ」ユリが小さく肩をすくめた。

「じゃあ、パニックルームに侵入者のほうが逃げこんじゃったんだ」

うまいことを言う。ちょっとくやしい。

「パニックルームなら、これは好都合よ」あたしは言葉をつづけた。

「インセクターは、ここの存在を知っている。でも、簡単にここまでくることはできない。扉はムギが再ロックした。破れるとしても、あいつらの装備なら、十時間以上かかると思うわ」

「十時間あれば、いくらなんでもフローラがきてくれるわよね」

「こなかったら、殴る」

あたしは拳を固めた。

「分解して、熔鉱炉に投げこんじゃう」

ユリは目の端をきりきりと吊りあげた。

「ふう」

「はあ」

思いっきり気負いこみ、そのあと、あたしとユリはため息をついて床にへたへたとすわりこんだ。

緊張がゆるんだ。ゆるむと、力が抜ける。立っていられなくなる。そういえば、走りまわってすっかり体力も消耗してしまった。おなかがすき、喉も乾いている。できれば、アルコールも少しほしい。食事はフランス料理のフルコースを希望する。

………………

希望しても、無駄だった。

「ねえ」ユリが言った。

「パニックルームなら、食糧も保存されているんじゃない？」

「あると思うわ」あたしは答えた。

「八十年前のやつが」

「しくしくしく」

こらこら、嘘泣きするな。

「みなーご」

ムギがあたしの横にやってきた。

触手をあたしの右肘にからめ、軽くひっぱる。

「なに？　こっちへこいっていうの？」

ムギが歩きだした。あたしは引きずられるように立ちあがり、ムギのあとについていった。

壁に突きあたる。

「みっ」

ムギの巻きひげが震えた。壁がすうっとひらいた。

「まだ部屋があるんだ」

あたしの眉がぴくりと跳ねた。

「ずいぶん、手のこんだパニックルームね」

いつの間にか、ユリがあたしのうしろにぴったりとくっついている。

ムギが進んだ。あたしとユリは、そのうしろにつづいた。

扉をくぐった。

ムギが止まった。

そこに。

男がいた。

真正面だ。とつぜん入ってきたあたしたちを見て、その場に立ち尽くしている。
男？
人間？
そいつと、あたしの目が合った。
ばっちりと合った。
おっ、おとこぉ！
な、な、なんですってえええええ。

4

時間の流れが止まった。
すべてが凍りつき、何もかもが動かなくなった。
いったい、これはどういうことなのか？
あたしにはぜんぜんわからない。
この男、人間なの？　それともバイオボーグなの？
外見は完璧に人間である。

種別・人類。人種・アングロサクソン。性別・男。推定年齢・二十五歳。けっこうハンサム。推定身長・百九十二センチ。推定体重・七十八キロ。瞳・グレー。髪・ブラウン。やや不精髭あり。コスチューム・白のスペースジャケット。

しかし、見た目だけでは、この男がバイオボーグか否かは判断できない。フローラのことを考えれば、それは明らかだ。

三十秒以上、そこにいあわせた全員が完全に固まっていた。

「どちら……さまですか?」

最初に口をひらいたのは、ユリだった。

フローラに会ったとき、先に誰何したのもユリだ。フローラ相手に、ユリは「あんた、誰?」と訊いた。でも、今度は「どちらさまですか?」になった。相手が男だと、言葉遣いが変わる。

「…………」

男は無言で、ユリの問いに応えた。顔に表情がない。まばたきひとつすることなく、ただじっとあたしとユリを見つめている。

あたしはユリに視線を移した。

ユリも、あたしに顔を向けた。

「どうしよう?」

あたしは小声でユリに訊いた。

「とりあえず、あっちへ」

ユリが正面を指差した。男の背後だ。パニックルームの奥の院といったところだろうか。ここも、それなりの広さがある。このパニックルームは、かなりの人数を収容できるようにつくられているらしい。

ユリとあたしは、男の脇を抜け、先に進んだ。男は動かない。首をめぐらすこともしない。固まったままだ。黙って、その場に立ち尽くしている。

ムギが、壁の扉を閉めた。男の前に腰をおろし、監視態勢に入った。

あたしとユリは、パニックルームの突きあたりに移動した。

壁ぎわでひそひそと言葉を交わす。

「どっちだと思う？」

あたしは男のほうに向かって、あごをしゃくった。

「誤作動で、冷凍睡眠から醒めてしまった研究所の人」

ユリが言った。

「それはないような気がする」

あたしは認めなかった。

「どーして？」

「そういう人なら、いまの状況を確認して、ほかの人たちも起こすわ。あと、フローラと連絡もとると思う」

「目覚めたばかりなんだわ」ユリは反論した。

「まだ寝ぼけてるのよ。だから、ああやって、ぼおっと突っ立っている」

「寝ぼけた人が、なんで下の階層にいるのよ？」

「寝ぼけてるから」

それは、あんたの話でしょ。

と言いかけて、あたしはやめた。さすがに、そこまでは突っこめない。

「こっちのことを伝えて、反応を見るってのはどう？」

ユリが提案した。なんだ。まともなことを言えるんじゃない。

「それ、いいわね」

あたしはうなずいた。うなずいてから、うしろを振り返った。

「ねえ、あなた！」大声で言う。

「あたしたち、ここで冷凍睡眠状態に入っているドクター・パニスたちを起こしにきたの。でも、システムの変調で警護の昆虫ロボットに敵と認識され、追われているの。あなた、何か方策を持ってないかしら。あったら、教えてほしいの」

「…………」

男は反応しなかった。そもそも呼びかけても、こちらを見ようとする気配すらない。黙って、あたしたちに背を向けている。おかげで顔を目にすることもできない。まあ、無表情を貫いていることは間違いないはずなんだけど。

「やっぱ、だめなのね」

ユリが肩をすくめ、視線を落とした。ちょっとがっかりである。ドクター・パニスの名前をだせば、なんらかのアクションがあると思ったのだが、あてが外れた。

「あら？」

ユリが言う。

「どしたの？」

「ここ、ひらいている」

ユリが足もとを指差した。

「ひらいてる？」

あたしはユリが示す先を見た。ユリの前の壁だ。そこが幅一メートル、高さ三十センチほど、でっぱっている。

「なにかしら」

ユリはしゃがみこんだ。

壁に触れた。でっぱっている部分がすうっと前方に向かってせりだしてきた。

「収納庫だ」

あたしも腰をかがめた。

一種の引きだしだった。中に何かが入っている。てのひらサイズの箱のようなものだ。

「これって……」

ユリが箱のひとつを手にとった。

箱ではない。プラスチックのパッケージだ。色は蛍光オレンジ。見たことがある。WWWAの訓練では、いつも持ち歩いていた。

軍用の携帯食糧である。

パッケージの表面には、何も書かれていなかった。賞味期限も味も不明。でも、これは食べられる。WWWAの教官が、口癖のように言っていた。

「こいつは百年、いや二百年は大丈夫だぞ」

嘘だと思っていた。たしかに恐ろしく長期の保存が可能だと聞いていたが、まさか百年単位ということはないだろうと、訓練生みんなで笑っていた。

それが、いまあたしたちの目の前にある。

「食べられると思う？」

ユリがあたしを見た。

「食えるわよ」

あたしは即座に答えた。

「じゃあ、食べてみて」

ユリがパッケージをあたしの眼前に突きだした。

「いいわよ」

ちっ、先手を打たれたと唇を噛みながら、あたしは携帯食糧のパッケージを受け取った。

パッケージはプラスチックの完全密閉タイプだ。フックを解除し、蓋をあけた。ぷしゅっという甲高い音がした。

中に入っているのは、固形の食糧だ。色も形もチョコレートそっくりである。しかし、味はまったくの別物。果物風味のものがけっこう多い。

あたしは携帯食糧を指先でつまんだ。

目を閉じ、思いきって口の中に押しこむ。どう考えても、これは八十年以上経過した食べ物だ。さすがに食べるのには勇気が要る。

甘い感覚がふわあっと口腔内に広がった。

おいしい。

まったりとした中に深いコクがあり、それでいて少しもくどくない（嘘）。

美味である。経年変化を思わせる不快な味はどこにもない。

「いけるわ」

あたしは言い、残りの食糧をさらに口に運んだ。

「平気なの？」

いぶかしげに、ユリがあたしの顔を覗きこむ。

「平気なんてもんじゃない」あたしは食べながら答えた。

「これ、めちゃうまいわよ」

収納庫に手を突っこみ、あたしは新しいパッケージをとった。

そうなると、ユリも傍観してはいられない。

「だめ。つぎはあたし」

もぎとるようにパッケージを奪い、自分も食べはじめた。

「あーん、舌がとろける」

身震いして、ユリは喜んだ。

とつぜんの食事タイムとなった。

しばらく、黙々と食べた。必死で食べた。食糧は水分も含んでいるため、渇きも消えていく。

あたしは三パッケージを一気に食べた。ユリは四パッケージ。こいつは、きっと太る。

食べ終えて、ほおとため息をついた。

あたしもユリも満足の表情を顔いっぱいに浮かべている。教官が言っていたのは事実だったのね。軍の携帯食糧は百年もつ。あたしが実証した。しても、意味は何もないが、とにかくした。すごい。

電子音が鳴った。

小さな音が断続的に響く。

うっさいわねえ。いま食事を終えて、一休みしているのよ。少しはのんびりとさせてよ。

電子音が鳴る。

えっ？

電子音！

それって、あによ。

何が鳴ってるの？

あわててまわりを見た。

いや、まわりじゃない。音は、あたしの左手首から聞こえてくる。

手首にあるのは、ブレスレット型の通信機。

ちょっと待って。

じゃあ、この電子音は……。

通信機の呼びだし音。

たっ、たいへんだあ！

5

あわてて背すじを伸ばした。

使えないはずのブレスレットから呼びだし音が鳴り響いている。

これはもう居ずまいをただすほかはない。

ゆっくりと左手首をあたしの唇に近づけていく。

「こちら、ラブリーエンゼル」

コードネームで応えた。

「フローラです」

高い声が、きんきんと響いた。

「フローラ！」

あたしとユリが顔を見合わせた。

フローラだ。フローラが通信機を使って、あたしたちに呼びかけてきた。

ということは。

「通信管制を解除しました」フローラの声が言った。

「とりあえず、この研究所の中だけですが」

「あんた、ここに入ったの？」

気負いこみ、あたしが訊いた。いっちゃん知りたいのは、そこだ。通信管制解除なんて、どーでもいい。

「千百十八秒前に進入成功しました」フローラは淡々と言う。

「まず防衛システムをこちらの制御下に置き、つぎに通信管制の解除をおこないました。この研究所内なら、いま使用中の周波数に限り交信可能です。昆虫型ロボットも、あなたがたおふたりを敵とみなしません。もう大丈夫です」

ああ。

フローラの一言一言を聞きながら、あたしは涙を流しそうになった。

なんというられしい報告なんだろう。

感動とは、この一瞬のためにある。

任務完了だ。これで、人類は滅亡を免れた。あたしも、ユリとふたりっきりで余生を過ごすという過酷な運命から逃れることができた。

「おふたりは、第二階層におられるようですね」フローラが言を継いだ。

「その位置は、居住区画のどこかでしょうか？　はっきりとしたポイントが表示されません」

「あたしたちの居場所のこと？」

ユリが訊いた。

「そうです」

「確認できないみたいね」

あたしが言った。フローラはたぶん、研究所のシステムを使ってあたしとユリの位置を探ろうとしている。しかし、それでは正確な位置を確認することができない。パニックルームが対象外となっているからだ。でないと、パニックルームがその用をなさなくなる。システムを奪われたら、隠れていても侵入者に見つかってしまうのではパニックルームではない。何があろうと、発見されない。それがもっとも重要なパニックルームの使命である。

「構造材の内部に入りこんでいるように思われます」

「それ、近いわね」

あたしは苦笑した。なるほど、システム経由だと、そのように見えるのか。

「そこから脱出できますか？」

フローラが訊いた。どうやら、おかしなところに迷いこんだと判断したらしい。それはまあ、半分くらい当たっている。たしかに、あたしたちは侵入者にふさわしくない場所に迷いこんでしまったのだ。

「防衛システムは、間違いなくあなたが把握してるんでしょうね？」

ユリが念を押した。ポイントはそこしかない。

「把握しています」フローラはきっぱりと言った。

「制御は完璧です。あなたたちが襲われることは絶対にありません。安心して上のフロアに戻ってください」

「…………」

あたしはすぐに返答できなかった。視線をちらりと背後に向けた。そこに、あの正体不明の男が、まだぽつんと立っている。

「どうされました？」

あたしがいきなり黙ってしまったので、フローラが訊いた。

「ちょっと予想外のことがひとつあったの」

あたしは答えた。

「予想外のこと？」

「ここ、無人じゃなかったのよ」男に目を据えたまま、あたしは言った。

「第二階層に、男がいた。若い男。人間かバイオボーグかはぜんぜんわからない。でも、間違いなく、この男は生きていて、意識があり、あたしたちの横で、ぼおっと突っ立っている」

「男の人がいた」

フローラの声が硬くなった。さすがに驚いたらしい。

「しかも、わりといい男なのよ」

横からユリが言った。ええい、話をややこしくするな。

「その男性の身柄は、どうなってます？」

しばし間を置いてから、フローラが言った。

「何もしていない」あたしは言った。

「言葉をかけても、返事なし。敵意もないけど、楽しくお相手してくれるって気もないみたいね」

「確保は？」

「可能よ。捕まえたほうがいいの？」

「身許を確認しなくてはいけません。人間であれ、バイオボーグであれ、放置しておくのは得策ではないでしょう」

「思いあたる人って、いないのかしら？」

ユリが訊いた。

「いただいた情報だけでは、なんとも言えません。しかし、わたしが知る限り、研究所内にそのような人間、もしくはバイオボーグがいるという事実は皆無です」

「ひとりだけ、冷凍睡眠から目覚めてしまったという可能性は？」

「ありません。システムの管理記録を調べていますが、そのようなエラーもいまのところ見当たらない状態です」

「わあった」あたしは体をめぐらした。

「あの男を連れて、ここからでる。上に向かうわ」

「でも、どうやって？」ユリが口をはさんだ。

「あたしたち、上に行く経路を知らないのよ」

「案内します。エレベータの機能も回復させました。とにかく、わたしが位置確認できるところまででてきてください」

「いつまでも構造材の中にいちゃだめってことね」

あたしが言う。

「そうです」

「じゃあ、すぐに動くわ」

あたしは通信機をいったんオフにした。ユリと目を合わせ、男のほうに向き直った。

男の背後に立った。ムギが男の正面にいすわり、まっすぐにその顔を見据えている。

　ユリが男の背中にレイガンの銃口を突きつけた。さすがにハンドバズーカを持ちだしたりはしない。

「悪いけど、こちらの指示に従ってくれる？」あたしが言った。

「あたしたち、ここからでるの。あなたにも同行を要請するわ。素直に従ってくれたら、危害は加えない。もちろん、身の安全も保証する。何かあったら、必ずあなたを守る」

「…………」

　男がゆっくりと、うしろを振り返った。言葉は発しない。うつろなまなざしで、ユリが手にするレイガンを見た。

「いいわね」

「…………」

　ユリがレイガンで男のからだを押した。男は無言のまま体を戻し、足を前に運んだ。あたしは密かにため息をついた。よかった。男は逆らわない。とりあえず、あたしたちの言うことをきいてくれる。

　ムギが壁の扉をひらいた。先行するのはムギ。そのうしろに男がつづき、さらにそのあとをあたしとユリが進む。

　部屋を抜けた。もうひとつの扉がひらく。階段がある。一列に並び、登った。

　階段を登りきると、竪穴に至る。入ったときは気がつかなかったが、穴の壁にちゃんと手や足をかけるくぼみが掘られている。
また、扉をくぐった。床に設けられていた二重扉だ。
焼け焦げた部屋にでた。これで、完全にパニックルームの外にでたことになる。フロ
ーラもあたしたちの位置を正確にキャッチしたはずだ。照明が暗い。これまでけっこう
明るいところにいたから、よけいに暗く感じる。
「そんなところに隠し扉があったんですね」
声が響いた。
え？
あたしたちの動きが止まった。
思わず、首を左右に振る。
左手の壁ぎわだった。そこに黒い人影があった。十メートル以上離れている。
「わたしです。ダーティペア」
声が言った。フローラの声だ。しかし、口調がやけに冷たい。きんきんと反響する。
発光パネルの淡い光に包まれ、フローラが淡い闇の中に立っていた。双眸が、鋭く炯《ひか》
っている。
「迎えにきてくれたの？」
あたしが訊いた。

「そうです」

フローラはうなずいた。

「でも、それだと話が違うわ」ユリが言った。

「あなた、第一階層であたしたちを待っているはずでしょ」

「いいんです。これで」フローラが薄く微笑んだ。

「こちらも事情が変わってしまったので」

耳障りな金属音が、あたしの耳朶を打った。がりがりという擦過音も、その中にまじっている。

「火器を捨て、武装解除してください」フローラは言葉をつづけた。

「でないと、かれらが攻撃を開始します」

フローラの視線が天井に向けられた。あたしはその視線の先を追った。

天井に、びっしりとロボットが張りついていた。

昆虫型ロボットだ。

金属音と擦過音は、かれらの作動音である。

「最終警告です」フローラが静かに言う。

「即刻、武装を解除してください」

6

何がどうなっているのか、さっぱりわからない。

しかし、混乱している余裕はなかった。

なんとかしなくてはいけない。事情を探るのは、あとだ。まずは、この危機的状況から脱する必要がある。

それぞれの位置を確認した。

あたしたちは隠し扉からでて、瓦礫の山の前に立っている。この部屋のほとんど突きあたりってところだ。あたしの左横にはユリ。ふたりの前には謎の男。そして、さらにその先にムギがいる。ムギは機嫌が悪い。全身の体毛を逆立て、フローラを睨みつけている。たぶん、なんらかの電波をフローラがムギに浴びせかけているのだろう。バイオボーグといえども、クァールは怖い。そこで、一時的にムギを電波中毒に陥れ、その力を奪うことにした。

「絶体絶命ね」

低い声で、ユリが言った。どうやら、ユリも同じことを考えていたらしい。

「厳しいわ。これ」

小さく、あたしはうなずいた。天井にぶらさがっている昆虫型ロボットの数は、ざっとかぞえて数十体。もしかしたら、百体以上。こいつらがいっせいに襲いかかってきたら、あたしたちはひとたまりもない。ムギが電波中毒になっていなくても、対抗できるかどうか。そんな感じだ。

どうするか？

武器を捨てたら、もう打つ手はない。フローラは本気だ。顔を見れば、それがわかる。

「あと十秒待ちます」フローラがつづけた。

「容赦はしません。これが最後の十秒です。十……」

いきなりフローラはカウントダウンをはじめた。だめえ。もっと待ってえ。と言っても無駄だから、言わない。

どうしよう？

どうするの？

あたしとユリは、目と目で言葉を交わす。この状況だ。武器を捨てても、いいことは何もない。きっと何かされる。それは口にだすのもおぞましいことだ。ぼきぼきのべきのぐっちょんぐっちょんのぬとぬとな目に遭うことは間違いない。

「七……六……五……」

カウントがつづく。フローラの表情が険しい。顔全体で、あたしは真剣よ、本当にやるわよということをあらわしている。

いやーん。もうだめ。

ビームライフルを握るあたしの指から力が抜けた。人差指がトリガーボタンから離れ、グリップがてのひらでわずかに滑る。このままだと、ぽろりと手の中から落ちる。

そのときだった。

やってくれた。

あの男だ。

正体不明のかれ。

あいつが、いつの間にか動いていた。

フローラのカウントダウンが終わる直前だった。

「二……一……」

男は瓦礫の山の中にいた。

いやあ、まったく気がつかなかったよ。あたしだけでなく、ユリもフローラも、男の挙動にかけらも注意を払っていなかった。

男はノーマークをいいことに、じりじりと移動し、瓦礫の奥にこっそりともぐりこんでいた。

そこに何があったのか？

あとでわかったが、瓦礫の下に、隠しコンソールが埋もれていた。男は床の一部をひらき、そのコンソールにセットされたスイッチキーを操作した。

天井が光った。

強烈な光が天井に生じた。発光パネルの軟弱な光ではない。弾け、乱れ散るすさまじい電撃の光だ。

稲妻が疾った。

この部屋は天井が高くできていた。床から天井までは七、八メートルくらいあった。そのうちの半分ほどが躍り狂う電撃の網にまばゆく覆われた。正確にいえば、床から三メートルの高さまでだ。発生装置とセンサーが、そのように制御している。

火花がほとばしった。光が爆発し、放電が渦を巻いた。

これは、この研究所の防衛機構のひとつだ。開発中のロボット兵器が暴走したときなどに使う。低い位置にいる人間には影響がない。しかし、三メートルより背が高いもの、三メートル以上の位置にいるもの、それらはすべて、この電撃で無力化される。徹底した破壊で、このコントロールルームの機器はすべて原形を留めぬスクラップとなっていた。が、床下に非常用の隠しコンソールがあった。男は、それを使った。

電撃がインセクターの群れを打ち倒した。

チップや動力部を放電に射抜かれ、機能を停止したインセクターがばたばたと落下する。

え？

落ちてくるの？

やばっ！

と思ったときには、もう遅い。

あたしの頭の上にも、インセクターが束になって降ってきた。

どさどさどさ。

小型の昆虫型ロボットといっても、それなりのサイズと重量がある。いくら低重力環境であっても、落ちてくるそれはキロ単位の重さだ。それが、とつぜん何十体も、あたしめがけて落ちてくる。

頭に当たった。肩にも命中した。首すじにも激突する。

てててててて。

あたしは崩れるように倒れた。その上に、インセクターが積もる。どかどかと落ちて、あたしを下敷きにする。

「ひいっ」

ユリの悲鳴が聞こえた。ああ、あいつもインセクターに圧しつぶされようとしている。

こんなに痛い思いをしているのはあたしだけじゃない。そう考えると、この苦痛も少しはやわらぐ……わけないだろ。

痛いったら痛い。

あたしはじたばたと暴れた。

「みぎゃお」

ムギがきた。

あたしの腕に触手が巻きつく感覚があった。左腕だ。どうやら、それだけが降り積もったインセクターの残骸の中から突きでていたらしい。

ずるずると引きずりだされる。

頭が外にでた。ムギと、ユリの顔が見えた。ムギは二本の触手を同時に揮い、インセクターの下敷きになったあたしとユリを、ふたりまとめて救出した。ふっ、わかってるじゃない。ムギ。あたしとユリ、どちらを先に助けても、あとできっと文句を言われる。あたしはそんなに陰険な性格じゃないけど、ユリは絶対にぶうたれる。ぎゃあぎゃあ騒ぎ、ムギをうんざりさせる。

「こっちだ！」

声がした。凜と響く、低い男の声。

この声は。

男だ。あの謎の男が、あたしたちを呼んでいる。

首をめぐらした。

男がいた。瓦礫の脇の床に四角い穴があき、そこから頭を突きだしている。

「こっちにこい。急いで」

男が言う。なんなのよ。あんた口がきけたんじゃない。いままで、だましていたの？　ひどいわ。ぷんぷん。

なんて、すねているひまは、どこにもない。

即刻、男の言葉に従った。

下半身に絡みつくインセクターの残骸を払いのけ、あたしとユリは男のもとに駆け寄った。床を埋めつくすインセクターのおかげで、恐ろしく走りにくい。ふらつく。なんとか、男がもぐりこんだ矩形の穴の縁に達した。ユリとムギがあたしの横に並んだ。

「やるぞ」

男が言った。

やる？　何を？

床が揺れた。大きくうねり、振動した。

壁がでてきた。あたしたちの背後だ。床のそこかしこが割れ、そこから幅数メートル、厚さ五十センチくらいの壁が垂直に飛びだした。天井に向け、まっすぐにせりあがる。

高さ五メートルほどで、壁の上昇は止まった。全部で何面でてきたのかは、わからない。複雑に入り組んだ形でせりあがり、部屋全体を細かく仕切った。視界がさえぎられ、あたしたちからはフローラの姿が見えなくなった。ということは、フローラからも、あたしたちが見えない。

重苦しい機械音があたしの背後でうなった。

あたしは上体をひねる。いやもうめまぐるしい動きだ。電撃の大量放出以来、何がここで起きるのか、あたしには予測すらつかない。

床が下がった。

ななめに落ちた。幅二メートル、奥行は五メートルってところか。傾きながら沈み、床の一角がまるですべり台のようになった。

「入れ」

隠しコンソールの穴の中からでてきて、男が言った。

「そこに飛びこめ」

すべり台を指差した。

なんで？　とか、どうして？　とか、いろいろ訊きたいが、いまは、それどころではない。この状況でできるのは、ただはいはいと言いなりになることだけだ。

あたしはすべり台に向かってジャンプした。

お尻で、ななめになった床の上をすうっと滑り降りる。
ユリとムギがあたしのうしろにつづいた。男も一緒だ。
狭い空間に入った。
男女三人にクァール一頭。突きあたりは壁、左右も壁。かなり苦しい。
すべり台が跳ねあがった。もとの床に戻った。
一瞬、まわりが真っ暗になる。が、すぐに明るくなった。壁が光を放った。
小さなショックを感じた。
からだが沈んでいく。
ふうっとからだが軽くなる。
エレベータ！
降下している。
ちょっとお。
どこに行くのよ？

7

降下に伴うGが消えた。

けっこう長く下っていた。十数秒くらいだろうか。ふつうのビルなら、十階以上降りている。

壁がひらいた。

がらんとした広場のような場所にでた。巨大なホールと言ったほうがいいかもしれない。太い柱が何本か見える。あたしたちがでてきたのも、その柱のひとつからだ。

頭上を見上げてみた。

天井が遠い。というか、よく見えない。こりゃ、五十メートル以上は軽くあるね。

「どこなの？　ここ」

ユリが男に向かって訊いた。フローラから与えられたデータで、地下研究所が三層に分かれていることは知っていた。その情報どおりなら、ここは三層目、最下層である。しかし、ここがどういうところかがわからない。

「工場だ」

ぼそぼそと男は答えた。

「工場？」

「…………」

男は口をつぐむ。視線もそらす。

「何がどーなってるのか、説明してよ」

あたしは文句を言った。たしかにあぶないところを助けてくれたことには感謝している。でも、何がなんだかさっぱりわからないのも困る。少しは情報を渡してほしい。

「さっきのあいつだが――」

いきなり男が言った。気がつくと、視線をあたしに向けている。

「あいつって？」

「マフーを操っていた女だ」

「マフー？」

あたしは混乱した。こいつはわけわかんないことばかり言う。

「昆虫型のロボットがいただろう。あれのコードネームがマフーだ」

「えっ」あたしの目が丸くなった。

「あれってインセクターっていうんじゃないの？」

「いわない」

男は即座に否定した。なんだよお。そのコードネーム、ださいぞ。いったい誰が決めたんだ。責任者、でてこい。

「それで、そのマフーを操っていた女がどうしたの？」

ユリが言った。強引に話をもとに戻した。

「あいつはバイオボーグだな」

「そうよ」あたしは大きくうなずいた。

「フローラはバイオボーグよ。バイオボーグじゃない」自分でそう言っていたわ」

「おまえたちは違う。バイオボーグじゃない」

男があたしとユリを交互に見た。

「ええ、違うわ。あたしたちは生身の人間」あたしが答えた。

「フローラに頼まれて、ここにやってきた」

「バイオボーグに頼まれた？」

男の表情が固くなった。瞳に不審の色が浮かんだ。

「とりあえず、あなたの素性を聞かせて」あたしは言葉をつづけた。

「まずは名前から」

「ヒンカピー」男は言った。

「軍所属の生化学者。階級は中尉だ」

「ヒンカピー中尉ね」あたしは腰に手を置いた。

「さっきはどうして黙っていたの？　何も言わず、あたしたちの呼びかけにもいっさい反応しなかった。どうして？」

「おまえたちをバイオボーグだと思ったからだ」

「あたしたちがバイオボーグ？」

「マフーに追われていた。マフーはバイオボーグを認識し、攻撃する。基本的には、そうプログラミングされている」

「でも、あたしたちはバイオボーグじゃなかった」

「ああ」男はあごを引いた。

「フローラだったかな。あのバイオボーグとのやりとりを聞いていてわかった。おまえたちはバイオボーグではない。ここの防衛網を破って侵入したため、システムがおまえたちをバイオボーグに相当する敵対行動者とみなし、マフーに攻撃命令をだした」

「バイオボーグ相手だと、口をきかないの？」

ユリが訊いた。

「おまえたちは俺を知らなかった。だから、正体を隠した。おまえたちがバイオボーグなら、俺を殺す。俺は、人間であることを隠すため、あのような行動をとった」

「フリーズしちゃえば、挙動で人間かバイオボーグかを判断されないと考えたのね」

「バイオボーグは限りなく外観が人間に近い。しかし、動きやしゃべり方に微妙な癖がある。専門家なら、それがわかる」

「ユーモア精神の欠如とか、歪みとか？」

ユリが言った。

「知ってるのか？」

ヒンカピーは意外だという表情《かお》をした。

「ちょっとね」

あたしは肩をそびやかした。

「それは人間との違いのひとつだ」ヒンカピーは言を継いだ。

「ほかにもいろいろとあるが、あまり顕著なものではない」

「いつ、あたしたちを人間だと確信したのかしら」

ユリが覗きこむように、ヒンカピーの顔を見た。こら、あまり近づくな。若い男は、みんなあたしの獲物だぞ。

「さっき言ったとおり、フローラとやりとりしはじめたときだ。あれを聞くまで、確信が持てなかった。フローラは明らかにバイオボーグだ。はっきりとわかる。そのフローラが、おまえたちを人間として扱っていた」

「それで、いきなり、あたしたちを助けたんだ」

あたしは納得した。

「おまえたちが敵か味方かはまだわかっていない」探るような目で、ヒンカピーはあたしたちを凝視している。

「しかし、バイオボーグはおまえたちを敵とみなした。敵の敵は味方だ」

「味方でなくても、恩を売っておけば、情報を得るくらいの役には立つ」

あたしがつけ加えた。

「もちろんだ」

ヒンカピーはにっと笑った。

「でも、あたしたちが抱いている疑いは、まだ解けていないわ」

ユリが言った。

「おまえたちの疑い？」

「あなたが本当に人間かどうかってこと」

「俺は人間だ。おまえたちならわかるだろう」

「でも、おかしいわ」

「おかしい？」

ユリを見るヒンカピーの目が、すうっと細くなった。

「どうして、人間なのに眠っていなかったの？」

あたしが訊いた。これは、あたしたちにとって最大の疑問だった。ヒンカピーが人間なら人間でもいい。だが、人間ならば、なぜあそこにいたのか、その理由がわからない。冷凍睡眠システムのプログラムが狂った場合は、全員が覚醒しているはずだ。ひとりだけ目覚めるなんてことは、ありえない。冷凍睡眠に入らず、研究所のパニックルームにひそんでいたというのも無理だ。あそこで八十年を過ごせば、当然八十歳、年をとる。ヒンカピーが百歳以上の爺さんだったら辻褄が合うけど、とてもそうは見えない。右から見ても、左から見ても、かれは二十五歳前後のナイスガイだ。これで実は百歳だなんて言ったら、怒るぞ。というか、頼みこんでも、その不老術を教わりたい。即座に実践する。

「眠っていなかった？」

ヒンカピーはきょとんとなった。何を言われているのか、まったくその意味がわからない。そういう表情だ。

「だって、あなたたち……」

ユリが口をひらいた。

そのとき。

爆発音が轟いた。

「！」

爆風を感じた。あたしとユリは反射的にからだを床に伏せた。ヒンカピーは反応できなかった。階級は中尉だが、かれは戦闘訓練を受けた兵士ではない。軍属の研究者である。緊急時にどうすればいいのか、その動きを身につけていない。

柱がひとつ、吹き飛んだ。

舞いあがる白煙の中から、フローラが出現した。

追ってきたのだ。高さ数十メートルに及ぶエレベータタワーの中をエレベータを使うことなく降りてきた。そして、扉を破壊し、このフロアに躍りでた。すごい。バイオボーグの本領発揮である。戦士属性を排除ですって？　とーんでもない。ばりばりに暴力的だよ、あんた。

フローラがきた。十数体のインセクター……じゃなかった。マフーを引き連れている。

跳ね起きた。とてもじゃないが、床でのんきに転がっている状況ではない。

ビームライフルをかまえた。ユリもあたしの横に並び、ハンドバズーカを肩にかついだ。

マフーが突っこんできた。合金の翼を羽ばたかせ、あたしたちめがけ、まっすぐに向かってくる。

撃ちまくった。

もうこうなったら、撃つほかはない。フローラはあとまわしだ。まずはマフーを片づける。

光条が乱れ飛んだ。その合間を縫って、ハンドバズーカのロケット弾が炸裂する。

つぎつぎとマフーを破壊した。この程度の数ならなんとかなる、そう思って戦った。

それが、ちょっとまずかった。

ヒンカピーのことを忘れた。うっかり、かれから目を離してしまった。

その隙をフローラに衝かれた。

あたしたちがマフーとやり合っている間だ。

フローラが動いた。

一気に間合いを詰め、ヒンカピーに接近した。

ヒンカピーは爆風に煽られ、転倒していた。床に転がったという点ではあたしたちと同じだが、あたしたちはみずから身を投げた。ヒンカピーは違う。足もとをすくわれ、背中からひっくり返った。したたかに腰と後頭部を打った。

フローラがヒンカピーの前に達した。ヒンカピーの首すじを手刀で打った。

ヒンカピーが失神する。

そこではじめて、あたしはフローラが何をしているのかに気がついた。

フローラが気絶したヒンカピーをかつぎあげた。

体をひるがえす。大の男を軽々とかかえ、ふわりと走りだす。

あっと思ったときには、もう遅い。

フローラが消えた。壊れた柱の中に飛びこみ、このフロアから去った。

あたしたちはマフー相手に釘づけだ。とても、そのあとを追うなんてことはできない。

「なんなのよ」ビームライフルのトリガーボタンを押しながら、あたしは叫んだ。

「これ、どういうこと?」

第四章　行くぞ、無敵のスーパーロボ

1

二十分後。

なんとか、あたしたちは十数体のマフーをすべてスクラップに変えた。

ヒンカピーがフローラに拉致されたのにはちょっとあわてたが、追っかけることも、その理由を尋ねることもできない。あたしたちは完全にマフーの群れに取り囲まれている。

最後は肉弾戦のようになった。

至近距離まで迫られ、あたしはビームライフルの銃把から引き抜いた超小型レイガンで応戦した。ユリも同じだ。ハンドバズーカをレイガンに持ち換えた。目の前にこられたら、もう長銃身火器は使えない。

マフーの半数はムギがぶっ壊してくれた。あとの半数をあたしとユリで始末した。受け持った割合は、あたしが六でユリが四だ。たぶん。

右から左から上から下からマフーが襲ってくる。それらすべてを捕捉し、吹き飛ばす。息があがった。とにかくあわただしい。一体殪《たお》すと、その背後にもう一体いたりする。一瞬たりとも気の抜けない戦いがつづいた。

ぜいぜいぜい。

あたしもユリも、肩で呼吸している。

背中合わせになった。ばらばらだと背後を衝かれる。ふたりで全方向をカバーしないと、死角ができてしまう。

ラストワンがこなごなに砕けた。爆発し、四方に散った。

ぜいぜいぜい。

目がくらんだ。膝ががくがくする。さすがに疲れた。

互いに背中をもたせかけたまま、あたしとユリはへたへたとその場にすわりこんだ。

頭がぐるぐるとまわりだしている。視界の中で光が舞い、まわりの光景がぐにゃりと歪んでいく。

まずい。貧血でも起こしたかな。

そう思ったが、ちょっと違う。

あれだ。

これは、あれがはじまる前兆だ。

搏動が高鳴った。

どっくんどっくん。心臓が跳ねる。

顔が熱くなった。

いや、顔だけじゃない。からだ全体が熱い。体温が急上昇した。そんな感じだ。

あたしとユリ、背中が密着する。

レイガンを捨て、両腕をうしろにまわした。ユリも同じことをした。

指と指が触れる。あたしとユリは手をつないだ。左右とも指をからませ、しっかりと握り合う。

意識が乱れた。燦く光が、あたしの思考を侵食する。

クレアボワイヤンス。

あたしたちの特殊能力だ。

この能力があるから、あたしたちはWWWAにスカウトされた。

WWWAは銀河連合に附属する公共事業機関だ。正式名称は世界福祉事業協会――WORLDS　WELFARE　WORK　ASSOCIATIONなので、略称がWWWAになる。

前にも話したが、二一一一年、人類はワープ機関を手に入れ、どどどっと外宇宙へ飛びだした。しかし、そこはとんでもなく危険な世界だった。銀河系全域が未踏のジャングルのようなものである。思いつくかぎり、ありとあらゆる災厄《トラブル》が宇宙の開拓者めがけて襲いかかってきた。

そんな中、人類は必死で居住可能な惑星を探しだし、そこへ移民をおこなった。そして、惑星国家時代を築き、銀河連合を設立した。

だが、移民者たちの生命をおびやかすトラブルの続発は、その時代に入っても、いっかなおさまらなかった。それどころか、逆に増加していた。

開発にまつわるトラブル。惑星国家同士の争い。国際犯罪結社の台頭。宇宙海賊の横行。経済問題。未曾有の大事故。疫病……。

深刻化していくトラブルに対し、銀河連合は国家間の障壁を飛び越えて解決をはかることのできる機関の設置を決めた。それが、ＷＷＷＡである。二一三五年のことだ。

ＷＷＷＡはトラブルが起きている惑星国家にコンサルタントを派遣する。トラブルコンサルタント、通称トラコンである。

トラコンは、警察官でも軍人でもない。その身分は名称どおり、一介の助言者《コンサルタント》にすぎない。ただし、その入国を国家が認めた場合、強力な権限と無制限の捜査権を自動的に得ることになっている。トラブルを解決に導くためなら、武器の使用も自由である。だから、捜査官と混同されやすい。とくに、あたしたちのような犯罪トラコンはそうだ。でも、実際はちょっと違う。すごく微妙なんだけど。トラコンが、こんなに大きな力を与えられるのには理由がある。機密事項にあたるため、ほとんど知られていないが、トラコンの多くは超能力を有している。

この特殊な能力を駆使して、トラコンは捜査に協力し、現地の政府、警察組織に有益な助言を供与する。

あたしたちがトラコンとしてスカウトされたのも、ある能力を持っていたからだ。クレアボワイヤンス。超心理学《パラサイコロジー》でいう千里眼のことだ。

ひとりでいるときのあたしとユリは、ごくふつうの一般人である。あたしの場合、美貌と知性と抜群のプロポーションを除けば、とくに際立った能力はない。しかし、あたしとユリが一緒になると事情が変わる。とつぜん、超能力が目覚める。

大学在学中に発現したこの能力に目をつけ、WWWAはあたしたちを犯罪トラコンとして採用した。

何かがきっかけとなって、あたしたちの能力はあらわれる。何かとはつまり、あたしとユリのからだのどこかが触れ合ったときだ。でも、ただ触れ合っただけでは、何も起こらない。というか、何も起こらない場合のほうがはるかに多い。なのに、起きるときはいきなり起きる。実にもう不安定な能力だ。

今回は、あたしとユリが背中合わせになったとたんにはじまった。背中合わせは珍しい。たぶん、二度目くらいである。

白い光が、あたしの意識を覆った。

何も見えない。何もわからない。あたしの周囲には、ただ白い光だけがある。

あたしは光の中に吸いこまれた。強烈な光が渦を巻き、あたしを翻弄する。

音がない。色もない。あるのは、光。まばゆく燦く純白の光。

ふわふわとからだが浮く。

実際に浮いているわけではない。が、この浮遊感覚はものすごくリアルだ。本当に宙に浮いているとしか思えない。

快感が広がった。

全身を包む、震えるような心地よさ。

めくるめくエクスタシーの世界とはこのことなのだろうか。

気がつくと、光に色彩がまじっている。

華やかな原色の光が、白い光を侵食しはじめた。

光に輪郭が生じる。色が凝集し、形になる。

見た。

あたしは見るはずのない映像をこの目で見た。すごく断片的な映像だ。はっきりしているが、それは明らかに幻。

映像の海の中を、あたしは遊弋《ゆうよく》した。

驚異の世界だ。

嘘でしょ。

そう叫びそうになった。

その瞬間。

映像が弾けた。

光が爆発する。

四散して消える。

力が抜けた。からだが重くなった。だめ。地上に落ちる。頭がくらくらする。

暗転した。

光が失せ、闇がきた。

真っ暗だ。今度は何も見えない。

と思ったら。

光と色が戻った。

はじまるときも唐突だが、終わるときも唐突である。

あたしとユリは背中合わせのまま、床の上にぺたりとすわりこんでいる。両の手は固く握り合ったままだ。

「見たわね」

かすれた声、であたしは言った。

「見たわよ」

「あんなの、まじにここにあるのかしら？」

「あると思う。たぶん」

ユリの声は、あたしのそれ以上にけだるい。

あたしたちの能力には、大きな欠陥があった。

何もかも見すかすはずの千里眼の力。しかし、残念ながら、見えるのはほんの一部だ。何がなんだか判然としない、かけらのような映像である。能力の前に「超」をつけるとクレームがきちゃいそうだ。千里眼と訳すと、絶対に文句がくる。これはせいぜい一里眼だね。いや、〇・五里以下かな。

「人がたくさん見えた」

ユリが言う。

「機械がたくさん並んでいた」

と、あたし。

「それから」

　ユリがつづけた。

「ずうっと奥のほうに、あれがあった」

　あたしも言った。

「巨大人型ロボット！」

　ふたりの声がきれいにそろった。

2

「間違いないわ」黒い瞳をきらきらと輝かせ、ユリが言う。

「あれは激鉄人ジャンバイトよ」

　なに、それ？

「ううん、でも、ちょっとシルエットが異なっていた」首を横に振り、ユリはつづける。

「額の脇に角があった。ってことは、コグクラーQの可能性もある」

　だから、なんだよ。それ。

　あたしはきょとんとなり、ユリを見た。

「！」

ユリが、あたしの表情に気がついた。

「ケイ」頰を小さくひきつらせて、ユリが言った。

「あなた、まさかコグクラーQを知らないとか」

知らねーよ。

「知らないのね！」

大仰にユリが驚く。おいおい。まだなんにも言ってないだろ。心の中で、思いっきり返事してるけど。

「信じられないわ」

踊るように手足を振りまわし、ユリは上体を軟体動物みたいにくねらせた。

「もしかして」目を丸く見ひらく。

「剛腕オザワールも、超常戦士バクサンも、超新星ロボ・ダッカリンも、知らないんじゃないでしょうね？」

むきになって訊く。

「知らない」

あたしは、あっさりと答えた。

「……………」

ユリが絶句した。頬はさらに激しく痙攣し、見ひらかれた目は、よりいっそう丸くなった。

「てててててて」

顔を押さえ、ユリは呻いた。目をひらきすぎて、まぶたの筋肉がつったらしい。

馬鹿である。

「無知。教養なし。単細胞」

両の目を片手で押さえながら、ユリはめちゃくちゃ言う。

「なんだおー！」

むっとして、あたしは言葉を返した。

「あたしたちの世代なら、二一三〇年代に放送された巨大ロボットシリーズを覚えているのは、魔法のクコちゃんの正体が第三天上界のプリンセスだったってくらいに常識なのよ」すごい剣幕でユリがまくしたてた。

「それを知らないなんて、当然、無知よ。無教養よ。野暮で鈍感で脳足りんなプラナリアよ！」

そ、そこまで言うか！

「そんなはずないっ」あたしは切れた。

「それは一部のおたくの話。ふつうの良家のお嬢さまがそんな番組、見てるわけないでしょ。寝ぼけたこと、言わないで！」

「良家のお嬢さま？」

「そーよ。文句ある」

「あるわよ。非常識」

「ほざけ。ロボットおたく」

「あんですって？」

「あによ！」

あたしとユリは真正面を向き、互いに睨み合った。双方とも、怒髪天を衝いている。

一歩も譲る気配がない。

「みぎゃおおお」

ムギが割って入った。

あたしとユリの間にもぐりこみ、ふたりの顔を交互に見る。

それどころじゃないだろ。

そういう表情だ。ちょっと目つきがきつい。かすかにうなっていたりもする。

こうなると、こんなどーでもいいやりとりはつづけていられない。たしかに、そのとおりである。理由は不明だが、いまはいったんフローラの関心があたしたちから離れた。

でも、いつまた再攻撃を仕掛けてくるか、わからない。仕掛けてこられたら、今度はおしまいだ。絶対にかわしきれない。ぼこぼこにされる。

「決着は、あとにまわさない？」

一息おいてユリに向かい、あたしは言った。

「ええ、落ち着いたら、じっくりと話し合いましょう」

ユリも引いた。言葉の端にまだとげがある。あたしが激鉄人ジャンバイトとか、コグクラーQとか、超新星ロボ・ダッカリンとかを知らなかったことが、よほど頭にきているらしい。

「で、最初にやることだけど……」

「ロボットを探しにいく！」

ユリが右手を挙げ、叫んだ。

「それはあと」

あたしは却下した。

「なんでえ？」

身をよじって、ユリは抗議する。

「先にやらなくちゃいけないことがあるわ」

「うそ！」

うそじゃねーよ。

「敵の情報を確保するの」あたしは言った。

「フローラがどこにいるか。なぜヒンカピーを連れ去ったのか。つぎに何をしようとしているのか。それをきちんと探らなくちゃいけない」

「どうやって？」

「通信管制を解除したとフローラは言ってたよね」

「言っていた」

「だったら、できる」あたしは断言した。

「わりと簡単にできちゃう」

あたしはムギを見た。

「みぎゃ」

ムギは、それだけで何をするのか理解した。鈍感おまぬけロボットおたく女とはえらい違いである。

ムギが、研究所のシステム端末を探した。

すぐに見つかった。柱の一本に隠されていた。

端末のユニットを解体し、ラインを引きずりだしてそこに通信機を接続する。これで、研究所のネットワークに介入することが可能になった。ムギが巻きひげを震わせ、操作をおこなった。

通信機のスピーカーから声が流れだした。

ノイズのまじった、ひどく聞きとりにくい声だ。しかし、断片的ながらも、ある程度の意味は理解できる。

「……んげんがひそんでいたとは……なかった……」

フローラの声だ。

ムギが第一階層にある端末すべてをオンにした。

端末が音声を拾った。その中に、フローラのそれがあった。

フローラの声をキャッチしている端末だけを残し、あとの機能を停止させる。

その作業をコンマ数秒で、ムギは処理した。

フローラは何も気がついていない。

声がつづく。

「……好都合だ。まさか人間でないと操作できないシークエンスがある……った……えにまかせよう。……すれば、生命は保証……に従え」

「……わせるな……ボーグの約束を信じ……どこにい……」

声が変わった。こちらはヒンカピーの声だ。

「おま……選択肢はな……やるかやらないかすぐ……時間がな……」

電子音が鳴った。

けたたましくフローラの声に重なった。

警報だ。

と同時に。

声が途切れた。利用していた端末が殺された。

「ばれちゃった」

あたしは顔をしかめた。さすがはバイオボーグ。盗み聞きを許してくれるほど甘くはない。

とはいえ。

「ちょっとわかったわね」あたしは言った。

「どうやら、何かの操作をするのに、人間の力が必要だったみたい」

「それをやらせるためにヒンカピーを拉致したんだ」

ユリは大きくあごを引いた。

「ヒンカピーに拒否できるかしら」

「できないと思う」

「たぶんね」

バイオボーグ相手に抵抗を貫くのはむずかしい。ましてやヒンカピーは軍属とはいえ、ただの学者だ。軍人の持つ崇高な使命感とは無縁の存在である。厳しく迫られたら、あっさりと屈することだろう。

「どうしよう？」

あたしは、ユリを見た。

「やることは、ひとつよ」ユリが一歩前にでた。「探しにいくの。あたしたちのガタライガンXを！」

「なに？」

「ガタライガンXよ」

「それって、もしかして、あの巨大ロボット？」

「ほかに何があるの？」ユリは、あたしをまっすぐに見据えた。

「こんなすばらしい名前にふさわしいもの」

「ひょっとして、ユリのお気に入り作品かしら」

あたしは、少しおどおどと訊いた。

「違います」ユリはきっぱりと答えた。

「あたしのオリジナル！　理想の巨大ロボットよ」

「わかりました」

あたしは頭を下げた。もはや逆らわない。認める。それでいい。クレアボワイヤンスでみたあのロボットは、ガタライガンXだ。なんだか、まったくわけわかんないけど、ガタライガンXだ。

「ガタライガンXを動かし、フローラのもとに攻めこむの」ユリは高らかに宣言した。

「ガタライガンXは無敵よ。バイオボーグなんかには負けない。戦えば、絶対にあたしたちが勝つ！」

最後はユリの声が裏返った。

「勝つったら、勝つ！」

ユリの勢いは止まらない。

はいはい。

あたしは頭をかかえた。

すてきな切札を手に入れちゃったよ。

頭痛がしてきた。

誰か、ユリを止めてくれえ！

3

「こっちよ」ユリが右手前方を指差した。

「ガタライガンXはこっちにいる」

きっぱりと断言する。

「なんで、わかるの」

無駄と知りつつ、あたしは訊いた。

「ガタライガンXが、あたしを呼んでいるから」

「はいはい」

あたしは両手を横に広げ、肩をすくめた。もはや打つ手はない。黙って従うのが、いちばんだ。文句を言うと、いまのこやつは間違いなく、あたしめがけてハンドバズーカをぶっ放す。

ホールを横切った。

先頭はユリだ。そのうしろにあたし。しんがりはムギがつとめる。

壁に突きあたった。

「ムギ、あけて」

ユリが鋭く言う。あけてって言ったたって、そこにドアがあるのかよ。

ムギが前にでた。耳の巻きひげを震わせた。

壁がひらいた。あっさりとスライドした。それも半端なサイズじゃない。縦二十メートル、横十五メートルくらい、がばっとひらいた。

ドア、あったのね。

さっさとユリが歩を進めた。あたしはとぼとぼとついていく。これは、あたしの知らないユリだ。ちょっと怖い。

またホールがあった。今度も、かなり広い。

しばらく歩いた。

そして。

そいつは、いきなりあらわれた。

堂々と聳え立つ、巨大人型ロボットだ。

本当にあった。ユリってば、まっすぐにその場所に到達した。

思わず、「あんた。超能力者？」と尋ねそうになる。いや、もちろん、超能力者なのだが、それはあたしとペアを組んでいるときだけのはず。ユリひとりで得体の知れない能力を発揮されたんじゃ、あたしの立場がない。

「すばらしい」

ユリが胸もとで指を組んだ。うっとりとしたまなざし。首をわずかにななめに傾け、ロボットの顔のあたりを陶然と見つめている。

「色の組み合わせがいいわ。こういうのを絶妙というのね」

ため息をついた。

YAS.

ロボットは、派手な原色で彩られていた。青、赤、黄色。それに白と黒がアクセントのように使われている。でも、本当にこれが絶妙の組み合わせなのか？　すばらしい色彩感覚なのか？

「強いわよ。ものすごく」

ユリはもうロボットから目を離そうとしない。

身長は二十メートル弱といったところだろうか。たしかに巨大なロボットである。二足歩行の人型ロボットで、こんなサイズのものは、見たことがない。理由は明らかだ。重力一Gの環境で、このロボットは動かせない。足が地面にもぐってしまう。この孫衛星の重力は六分の一Gだ。それでも、この足のサイズ（底面積は、けっこうでかい）から見て、一G環境での総重量が百トンを超えたら、ちょっとまずいことになる。ロボットは、そのへんに鎮座している置物じゃない。飛んだり跳ねたりすることもあるはずだ。その場合、ぶ厚いコンクリートや樹脂の床を踏みぬく可能性はかなり高い。低重力下であっても、それなりに限度はある。

あたしは、ロボットのシルエットをたしかめた。

古代の兜のような形状の頭部。ちゃんと角らしきものもある。肩にはプロテクターのように大きなカバーが張りだし、腕も足もやたらと太い。手は拳を握り、腰の左右に角張ったでっぱりがある。

あたしたちは、このロボットをクレアボワイヤンスの映像の中で見た。おぼろな映像だった。ロボットは地上を走り、宇宙を舞う。ふたり乗りで、誰かが、それを操縦していた。誰かはわからない。ロボットは武器を揮う。ミサイルやビームも放つ。剣のようなものも持っていた。

「これも、バイオボーグと同じで新兵器なんだろうけど」あたしは、つぶやくように言った。「なんのために、こんなものをつくったのかしら」

「基本は宇宙空間での戦闘ね」自問するあたしに、ユリが答えた。

「それと、重力の弱い、ここみたいな星での肉弾戦」

「人型である必然性が感じられない」

「かっこいいからよ」ユリがキッと睨むようにあたしを見た。

「巨大ロボットくらい、かっこいい戦闘兵器はほかにないわ。これに較べたら、戦艦や戦車、宇宙戦闘機なんて、子供のおもちゃよ」

そ、そうかなあ。

「それで、つぎはどうするの？」

言いたいことのすべてを胸の奥にしまいこみ、あたしはユリに向かって訊いた。いま、ここにあって、あらゆることの主導権を握っているのはユリである。あたしじゃない。

「もちろん、これに乗りこむのよ」ユリは巨大ロボット……じゃなかった。ガタライガンXを指差した。

「そして、第一階層に戻り、フローラと対決する」

「はあ」

「何がどうなっているのかは、よくわからないけど」ユリは言葉を熱くつづける。

「あたしたちがフローラにだまされたことは事実よ。フローラは、あたしたちを殺そうとした。この研究所には、裏がある。フローラはすごく重要なところで嘘をついている」

「それは、わかるわ」あたしはうなずいた。

「この決着は、何があってもつけなくちゃいけない。でも、あたしたちにこれを動かすことができるかどうか……」

「できる！」

凛と響く声が、あたしの言葉をさえぎった。

「ずえったいにできる！」拳を固く握り、ユリは叫んだ。

「操縦法のあらかたは、クレアボワイヤンスで見た。あとは気魄と根性で補えば、大丈夫。要は精神力よ。あんなの、エアカーの運転に毛が生えたようなもの。正義は負けないわ」

いや、ちょっと待ってよ、ユリ。あんたってば、そういうキャラだっけ？

「うみぎゃ」

ムギが、あたしの手首に触手をからめた。

何か用があるらしい。

振り向くと、首をななめ横に軽く振る。

「あっちに何かあるの？」

「みゃ」

あるらしい。

ムギが歩きはじめた。

あたしはついていく。

「どこ行くのよ」

ユリがちょっとあわてた。こやつの演説は、まだ終わっていない。しかし、もはや関心は失せた。聞く必要がない。

すたすた進むあたしとムギを、ユリはあせって追いかけてきた。

ガタライガンXの横に移動した。ガタライガンXはホールの中央に向かって立っている。その右足の足もと近くに、それはあった。

「コンソールデスクね」

あたしはそれを眺めた。完全に無傷だ。上ふたつの階層と異なり、この階層はどこにも損傷の痕がない。部屋も通路も機器も、すべて新品同様である。

ムギがコンソールに向かった。

触手でキーを打つ。

コンソールのパネルが白く輝きはじめた。

いわゆる火が入った状態だ。ここのシステム、完全に生きている。何年前のものかは不明だが、見た感じ、動作にはまったく問題がない。

「すごいわ！」

パネルだけでなく、ユリの瞳もぱあっと輝いた。きっとBGMがほしいんだろうな。わくわくしてくるようなやつ。

明るくなる。パネルだけでなく、このホール全体がまばゆい照明の光に包まれている。ガタライガンXなんか、スポットライトで顔とボディが華やかに照らしだされた。いやあ、巨大ロボットアクションに興味なかったあたしでさえ、これは少し昂奮しちゃうね。なんか、戦意が高揚するって雰囲気である。

床が割れた。

左右にひらいた。コンソールデスクの向こう側だ。位置的には、ガタライガンXの真正面になる。

そこから何がでてくるのか？

せりあがってきた。

シートだ。

いかにも戦闘装置のそれといったデザインのハイバックシートである。それがふたつ、横に並んで床の中から上昇してきた。

「おお」

ユリはもう溶ろけそう。だらしなく口をあけ、瞳がハート型に変形している。

がちゃりとシートが床に固定された。動きが止まり、しゅううううとガスが脇から漏れる。

「出動！」

ユリが言った。

あたしの腕をつかみ、ユリがダッシュする。

「えっ？」

気がつくと、あたしはユリに引きずられていた。

シートにユリがすわる。その左どなりのシートに、あたしもなぜか腰かけている。

「ええっ？」

「バトルオペレータ、セットオン！」

右手を挙げ、ユリが言う。

「みぎゃっ」

ムギが、またキーを打った。

低いうなり音が響き、再びシートが動きはじめた。

せりあがる。今度は床から勢いよく離れていく。

「あ、あたしもなの？」

あたしはユリを見た。

「とーぜんでしょ」

地獄の底から湧きだすような声で、ユリが答えた。異様な光を放つ双眸に、有無を言わさぬ不可視の力が宿っている。

「ガタライガンXはふたり乗りなのよ」

「えええっ？」

あたしの頭上で、ガタライガンXの腹部がひらいた。カバーが上に跳ねあがり、そこにぽっかりと大きな口があいた。

運びこまれる。

あたしがその中に。

なんでよおおおおお！

4

シートがロボットの腹部に納まった。

上昇してからアームが飛びだし、後方にスライドしたのだ。シートが二席、かっちりとセットされる。まるで誂《あつら》えたみたいだね。――って、誂えたんじゃないか。ここの研究員かなんかが。

シートが入ると、アームが外され、せりあがった台座とともに床面へと戻っていく。置いてかないでくれ。こんなところに。

と叫ぶ間もなく、ロボット腹部のカバーがしまった。

ごご、がっちゃーんと閉じて、視界がふさがれる。だめ。真っ暗になる。狭いよ。暗いよ。怖いよぉ。

なんて、ざーとらしく泣きわめく前に。

周囲がほんの少し明るくなった。

正面の壁に映像が入ったからだ。つまり、腹部カバーの裏側である。そこが、どうやらスクリーンになっていたらしい。

映像にはホールが映っている。なんか、そこに窓があるかのようだ。なるほど、これならそれなりの臨場感を持って、行手を眺めることができる。

「操作系、オールグリーン」ユリが言った。

「各部、異常なし。動力正常。センサーチェック開始」

おうおう。こやつったら、まじに動作確認をやってるよ。ったく、信じらんない。宇宙船を操縦するときだって、ユリはこんなマネしたこと一度もないぞ。

「コマンド表示」

大仰な手ぶりをつけて、ユリが声高く言った。そう。このロボットは、音声操縦だ。それはクレアボワイヤンスの映像で見た。ユリの声は、もう下のコンソールでムギが登録を完了させている。そのあたりはぬかりない。ユリとムギは、さっきから実にうまく連携している。まさか、ムギも巨大ロボットおたくの仲間じゃないだろうな。

スクリーンの最下部に文字が浮かんだ。外の光景の上に重なって表示される。

動作と、それを指示するためのキーワードがずらりと並んだ。ユリが発する言葉にこのキーワードが入っていたら、システムはそれをコマンドとして認識し、ロボットを動かす。あるいは攻撃をおこなう。キーワードは、もちろんカスタマイズ可能だ。日常語を外して登録すれば、通信途中で誤動作する恐れがなくなる。が、そのかわり、操縦者は自分特有のキーワードをすべて暗記してなくてはいけなくなる。スクリーンにキーワードを常時表示させとけばすむことだけど、それをしたら、たぶんキーワードを探している間に敵にやられてしまうと思う。だから、ふつうはカスタマイズしない。

ユリがスクリーンに向かって身構えた。

キーワードの変更を開始した。

するのかよ。カスタマイズ。

シート脇のボタンを素早く押し、新しいキーワードを叫ぶ。

「ブラストソード！」

なんの命令だ？

「ジェノサイドビーム！」

物騒だろ。

「エアロダイナミックジャーンプ！」

いまいち。

この作業に、十分以上をユリは費やした。変更したキーワードは、軽く二百を超えている。大丈夫か？　本当に、それを全部、覚えているのか？

「こんなところね」

満足そうにユリはうなずき、キーワード変更を終了した。

「前進させるときは、なんというんだっけ？」

あたしは訊いてみた。

「ガタライガン、ゴー！」

即座に、ユリは答えた。なんだ。わりと簡単じゃないか。ちょっとだけ、ほっとした。

「じゃ、いったん降りようか」

あたしは提案した。強大な兵器も入手できたので、ここできちんと作戦を立てて行動する。それがセオリーというものだ。

しかし。

「こちらバトルオペレータ・ワン。セクション5、応答せよ」

ユリは、あたしの言葉を無視した。

「みやお」

スピーカーからムギの啼き声が響いた。もしもし。セクション5ってなに？　ムギはわかっているの？

「セクション5、これよりガタライガンX、発進する。エネルギーレベル一二〇。切り離しシークエンス発動」

「みゃご」

ムギが返事をする。話が通じている。なんでえ？　どうして、こんなやりとりで事が進んでいくのよ。納得できない。

「オペレータ・ツー、ナビゲート開始。進攻ポイント、第一階層。ルート表示せよ」

おかしいわ。ユリとムギ。

「ルート表示せよ。オペレータ・ツー」

と━にかく、ぜんぜん納得できないっ。

「オペレータ・ツー！」

だから、なっとく……。

「えっ？」

あたしはきょとんとなった。

ユリの目があたしを睨みつけている。

オペレータ・ツー？

それって、もしかして。

「あ・た・し？」

あたしは自分で自分を指差した。

「…………」

ユリは無言であごを強く引いた。

げげげげげ。

あたしってば、オペレータ・ツーなの？　でもって、それはガタライガンXのナビゲート要員なの？

もう一度、ユリはあごを引いた。

スクリーンのあたしの目の前あたりに、コマンドの文字列が並んだ。ひときわ明るく輝き、しかも点滅しているそれは。

〝ルート表示＝超探査ナビゲート、ディスプレイオーバー〟

あたしが叫ぶことになっている命令だ。

言うの？　これを、このあたしが。

「…………」

ユリが睨む。黙って、ただ睨む。

言うわよ。大声で叫べばいいんでしょ。

「超探査ナビゲート、ディスプレイオーバー！」

スクリーンの映像が切り換わった。研究所の構造図が入った。ななめ上方からの立体透視図だ。そこに、ガタライガンXが進むべきコースが赤い帯でしっかりと示されている。

ユリが正面に向き直った。

いきなり、両腕を眼前でクロスさせた。つぎにその腕を前に向かってつきだし、大きく横に広げる。

「ガタライガン、ゴー！」

鋭く叫んだ。

ああ。

あたしは手で顔を覆った。そのまま、コンソールへと突っ伏しそうになる。眩暈がひどい。視界が闇に包まれる。

がくんというショックがきた。

動きだした。

ガタライガンXがうっそりと。

右足から踏みだした。膝があがり、いま偉大な一歩を床に記す。

どおん。

重い音が響いた。まじかよ。歩いてるわ。このロボット。やだ。本当にモックアップじゃなかったの？　内部にちゃんとまっとうなメカが詰まっていたの？

重い地響きのような足音は、つぎつぎとつづいた。揺れはあまり感じない。シートに備えられたショックアブソーバが、それを完全に吸収している。

巨大扉を通過した。さっき、ユリが超絶能力で発見したばかでかいドアだ。

ホールに入った。柱が立ち並んでいる。その柱と柱の間を、ガタライガンXはのしのしと前進する。

「セクション5、このホールに監視カメラはあるかしら？」

ユリが言った。

「うみゅ」

スクリーンに映る透視図に、緑の光点が加わった。どうやら、それがこの研究所にある監視カメラの位置らしい。

「E－6の映像をこちらに」

ユリが指示をだす。さすがにムギ相手だと、あの怪しげな意味不明コマンドは影をひそめる。

映像がきた。

あらまあ。

颯爽と歩を運ぶガタライガンXの全身像だ。前方右手、やや上方から撮られたその姿は、思ったよりもかっこいい。

「凜々しいわ」

うっとりとした表情で、ユリがつぶやく。こら。自己陶酔にはまっている場合か。

ロボットがホールの真ん中に至った。赤いルートは、ここで終わっている。

「ガタライガン、停止」

ロボットがストップした。

さて、これからどうするか？

この巨体である。柱の中のエレベータは、もちろん使えない。といって、階段らしきものもない。あっても、登るのは不可能だろう。

あたしはキーを打った。適当に打つと、透視図が適当に反応する。

あらたなルートが、追加された。まっすぐにホールを突っきり、べつの巨大扉をくぐって、地下通路を抜ける。それから、長いななめのトンネルを通過し、地上へとでる。

そこはドームの外だ。研究所の中ではない。

「このルートは、だめね」

ユリが言った。そのとおりだ。フローラは研究所の中にいる。外にでて、再度、ドーム内部に入ろうとすると、必ず防衛システムを使う。その攻撃は尋常じゃない。無駄な戦いを強いられる。いくらガタライガンXに乗っていても、それは避けたい。

「セクション5。ライトニングブースター、セットアップ」

ユリが言った。

「うみぎゃっ」

ムギが答えた。

へっ？

シートの上で、あたしは固まった。

またもや、正体不明のコマンドだ。

今度は、何するの？

5

数秒、間があった。

ややあって、轟音が耳に届いた。

轟音？　ロボットの腹の中にいるのに？

スクリーンの映像に何かが映った。スクリーンの端っこに映しだされているガタライガンXの勇姿だ。あたしは、その映像を拡大した。

こっ、これは！

黒い塊がガタライガンXの背後に迫っていた。細長いボンベを並列に二個くっつけ、短い翼を左右に生やした面妖な代物だ。それが、片方の先っちょから炎を噴きだして空中を疾駆してくる。うるさいはずだ。これは、言ってみればロケットの本体そのものである。それがホールの中を噴射全開で飛ぶ。ガタライガンXの外にいたら、鼓膜が消し飛んでいるね。絶対に。

塊がぶつかる。ガタライガンXの背中を直撃する。

と思ったつぎの瞬間。

噴射が弱まった。同時に、塊が向きを変えた。弧を描き、水平飛行から上昇に転じた。

すうっとガタライガンの背中に接近する。

ひょっとしたら、これが。

ライトニングブースター？

がしゃっと二本のボンベの塊が、ガタライガンXの背中に張りついた。それはもうみごとに、はまりこんだ。

「セットアップ、オーバー」

ユリが叫ぶ。

「ん？」

ライトニングブースターの上に、なにやら蠢《うごめ》くものがある。あたしの鋭いまなざしが、それを捉えた。

何かが、ボンベの上に乗っかってきた。

何かって——。

全身真っ黒の生物だ。テラの黒豹にちょっと似ていて、肩口から二本の触手が生えている。

ムギだよ！

ライトニングブースターにムギが乗ってきた。でもって、それがガタライガンXの背中にばっちり装着された。

すると、つぎに起きるのは。

「ブースター、ファイヤ！　ガタライガン、リフトアップ！」

派手な手ぶりとともに、ユリが叫んだ。

あ、やっぱり。

噴射が再開された。ごごごごって勢いで炎が噴きだし、ガタライガンXを持ちあげる。こんなんで浮くのかよと突っこみたいが、ここは六分の一Gだ。この出力なら、十分に上昇できる。

ガタライガンXの巨体が宙に舞った。

いやもう、うるさい。完全遮断されていても、轟音がロボットのボディを伝わって、コクピット内部にごうごうと響く。

足がいったん床から離れたら、あとはもうめちゃくちゃ速い。

あっという間にホールの天井に達した。

もちろん、そこにドアや天窓などない。あるのは、ぶ厚い壁だ。第二階層と第三階層を隔てている頑丈無比の構造材。それがガタライガンXの行手をがっちりとさえぎっている。

いや。ぶつかるううう！

あたしは声をあげそうになった。

が、その前に、またもやユリが叫んだ。

「アバランチミサーーイル！」

ミサイル撃つのかよ。

撃った。

肩のカバーがひらき、そこから小型ミサイルがどしゃどしゃと飛びだした。すごい数。

まさしくこれは雪崩《アバランチ》そのものだ。

ミサイルが天井で炸裂した。

どかどかどかぼかん。

そこに、ガタライガンXが突進していく。拳を固め、爆風の中を突き進む。

気が遠くなるような衝撃がきた。さしもの強力ショックアブソーバも、この衝撃を吸収しきれない。

シートの中で、あたしのからだが跳ねた。からだは腰と肩にはめられた短いアームで固定されている。だから、放りだされることはない。でも、そのかわりに、腰と肩に激痛が走る。とても痛い。

「ひいっ」

あたしは悲鳴をあげた。人生を呪う。あたしが何をしたというんだ。どうしてこんな目に遭わなくちゃいけないんだ。

ガタライガンXがホールの天井を突き破った。

第二階層に飛びだした。

ライトニングブースターがうなる。噴射は、まだ全開だ。おさまる気配はない。

まさかユリ、このまま第一階層まで一気に突っこむのでは。

……………

まさかではなかった。

ユリは、最初からそのつもりだった。

もうすでに第二階層の天井が、あたしの目の前に迫っている。

勇敢な自殺。

そういうものがあるとしたら、これはそれだ。わかったよ、ユリ。あんたはえらい。勇気がある。けど、これはやりすぎだ。ものには限度がある。あたしにも限界がある。世の中にはやっていけないことと、やるべきじゃないことがある。これは、その両方に合致する行為だ。ひとまず、間を置こう。態勢を立て直し、一息ついてから第一階層に行こう。狭い研究所、そんなに急いでどこに行く？

どっかーーーん！

ガタライガンXが天井をぶちぬいた。

ミサイルが爆発する。ガタライガンXの拳が、コンクリートと樹脂を裂き、微塵に粉砕する。

あたしはシートの上で半失神状態。グラスに注がれる前のカクテルって、こんな気分なんだろうな。シェイクされまくりである。

「着いたわよ」

ユリが言った。

はっとなり、首を起こして左右に振る。スクリーンが正面にしかないなんてこと、まるで考えていない。

ユリが、あたしを横目で見ていた。こいつ、ぜんぜん動じていない。あんなに振りまわされても、髪一筋乱さず、平然としている。

ほーっほっほ。これがロボットアクションヒーローものの主人公よ。この程度でうろたえたりしたら、主人公の沽券に関わるわ。しょせん、あなたはしがない脇役。あたしの足もとにも及ばない。

そう言っている。ユリの目が、あたしを嗤《わら》い、そう言っている。

ショックがきた。

どかどかどかっと鈍い音が耳朶を打ち、ガタライガンXがぐらりと揺れた。

げ、まだ終わってなかったの。着いたって言ったの、嘘？

あわててスクリーンに視線を戻す。

「！」

肌が、ざわりと粟立った。

スクリーンのほとんどを埋めつくす銀色の輝き。

マフーだ。元インセクターのマフーが、ガタライガンXの行手を限なく埋めつくしている。

「おもしろいわ」ユリがにやりと笑った。

「こうでなくっちゃ、張り合いがない」

だから、キャラ変わってるってば。

またショックがきた。マフーはすでに攻撃を開始している。第一階層にガタライガンXがあらわれ、床の上にがしっと立つのと同時に迎撃態勢へと入った。とりあえず仕掛ける。それから正体をたしかめる。そういうふうにプログラムされているのだろう。

「ハイパースキュータム！」

ユリは拳を握った左手を胸もとにかざし、右手をうしろに引いた。スクリーンに映るガタライガンXに変化が生じた。ユリと同じポーズをとり、左前腕部に楕円形の楯がひらいた。

楯がマフーの攻撃を受ける。青白い閃光が、まばゆく散る。

「ジェノサイドビーーーーム！」

スクリーンが白くなった。

おお、これがあのジェノサイドビームか。

光条がほとばしった。

放射状に、無数のビームが連続して疾る。ちょっとすごい。ビーム砲の砲口が、ロボットの全身に配されている。からだじゅうに小さな穴がやたらとあいてたんだね。気がつかなかった。

輻《や》のようなビームが、ガタライガンXのまわりに群がっていたマフーをばしばしと刺し貫いた。ビームひとつひとつの出力はたいしたことないが、なんといってもこれだけの数だ。一体あたり最低でも二、三か所をぶちぬかれる。すると、それが必ず急所のどこかにひっかかる。

爆発した。

数百体のマフーが、いっせいに吹き飛んだ。

すさまじい爆発である。小型メカでも、これだけまとまると、ちょっとした核兵器並みの規模になってしまう。大丈夫か？　ガタライガンX。

…………

大丈夫だった。

なんと頑丈なロボットであろう。

「こんなの、なんでもないわ」勝ち誇ったように、ユリが言った。

「無敵なのよ。あたしのガタライガンXは」

誰のだって？

爆風が晴れていく。

マフーの群れが失せ、スクリーンに視界が戻る。

フロア中央部のシリンダーが見えた。コンソールボックスに囲まれ、すっくと聳え立つ。

冷凍睡眠装置の収納塔。あの中に、人類の次世代を担うべき人びとが静かに眠っている。

って、ちょっと待ってよ。

あのシリンダー、真ん中でふたつに割れている。

前に見たときは、そんなふうになっていなかった。のっぺりとしたただの円筒だった。

それがいまは、中心部で縦にふたつに割れ、そこが左右に大きくひらいている。

ということは。

カプセルが露出しちゃってる？

「よく戻ってきたわね」

甲高い声が響いた。

フローラの声だ。

コンソールボックスのひとつに人影があった。デスクの上で仁王立ちになっているその影は、まさしくフローラのそれ。

「でも、もう遅い」

口もとに微笑みを浮かべ、フローラは静かに言った。

6

あたしたちは、フローラと対峙していた。

彼我の距離は五十メートル以上。けっこう離れている。ガタライガンXは、このフロアの意外に端のほうに出現した。

フローラはひとりだった。ヒンカピーの姿はない。彼女の周囲を生き残りのマフーが遊弋している。あれだけ破壊したのに、まだマフーは全滅していない。百体以上は、確実に残っている。

「ギガースか」

低い声で、フローラが言った。顔に、強い憎悪の表情がある。

「さすがはダーティペア。あそこまで追いこまれながら、それを見つけ、おのがものにするとは」

「やっと会えたわね」あたしが言った。

「こうなったら、すべてを聞かせてもらうわ。真相を語りなさい」

「そうよ」ユリが身を乗りだして言った。

「これはギガースなんて名前じゃないわ。ガタライガンXよ！」

待て、ユリ。それはどーでもいい話だぞ。

「真相だと？」

ユリのぴんぼけ発言を無視し、フローラは肩を震わせて笑った。

「ええ」あたしはうなずいた。

「きちんと説明してほしいわ」

「いまさら、そんなものは要らない」フローラは右手をまっすぐ前に突きだし、あたしたちを指差した。

「結果を見せてあげる。せっかくギガースを手に入れたのに、残念なことだ。われわれはすでに完全復活を遂げた。おまえたちは間に合わなかった」

復活？　われわれ？　遂げた？

フローラの言葉の意味が、よくわからない。

「まだギガースって言うの！」

ユリが叫んだ。ぐわ。まだそこにこだわっている。ユリってば、予想以上に粘着質。

「これを見ろ！」

突きだした腕を横に薙ぎ、フローラが背後を示した。

その声に呼応するかのように。

あらたな人影があらわれた。

フローラの背後から、わらわらとでてくる。ひとりやふたりではない。何十人という集団だ。服装はみな同じ。クリーム色のボディスーツだ。男女比は六対四。いや七対三くらいかな。女性が多い。顔の形、皮膚の色、身長などは千差万別だ。さまざまな人種が混在している。

「紹介するわ」フローラが言を継いだ。

「わたしの仲間たちよ」

ということは。

「みんなバイオボーグなの？」

あたしが訊いた。

「そのとおり」

フローラは小さくあごを引いた。

「そのシリンダーの中にいたの？」

「ええ」

「なんで？」ユリが言った。

「その中で冷凍睡眠状態に入っていたのは、あなたをつくった科学者でしょ。かれらは全員が人間で、バイオボーグじゃなかったはず」

「まだ信じていたのね。わたしのつくり話」

フローラは笑い声をあげた。

「つくり話」

あたしとユリは互いに顔を見合わせた。やっぱりだまされていたんだ。あたしたち。

フローラが目覚めさせようとしていたのは、人類最後の生き残りなどではなかった。彼女の仲間であるバイオボーグの集団だった。

「このシリンダーは、冷凍睡眠装置の収納塔なんかじゃない」首をまわし、フローラはあごをしゃくった。

「バイオボーグの保存タンクよ」

「タンク？」

「わたしの仲間はマフーの猛撃を受け、このシリンダーの内部へと追いこまれた。人間は専用の薬液をそこに満たし、閉じこめたバイオボーグの生体活動を瞬時に停止させた。逃れることができたのは、わたしひとりだった」

「ドクター・パニスは？」

ユリが訊いた。

「存在しない」フローラは即答した。

「われわれを誰がつくったのか、そんなことは知らない。適当な名前をでっちあげた」

「ヒンカピーはどこ？」あたしが訊いた。

「かれを拉致したでしょ。生きてるの？」

「生死は不明だ」フローラは言う。

「かれは、われわれの解放に尽力してくれた。深く感謝している。だが、かれの生命活動の維持はここのシステムに委ねられた。もはやわれわれの関知するところではない」

「冷たいのね」

「人間は、われわれの敵だ。われわれを利用するために生みだしておきながら、われわれを捨てた。タンクに押しこみ、生体活動を止めた」

「これから何をする気？」

「まず、おまえたちを排除する。おまえたちは、その役割を終えた。いまはただ危険なだけ。おまえたちを排除したら、われわれはこの研究所から脱出する。そして、われわれのための世界を確保する」

「排除って、どうやるのかしら？」

挑発するように、ユリが言った。

「われわれには力がある」フローラが応じた。

「最大の難敵であったマフーも、いまはわれわれのしもべだ。ギガースは想定外だったが、しょせんはたった一体の人型ロボット。それも未完成のプロトタイプ。恐るるには足りない」

「なめてんのね」

あたしが言った。

「事実を述べている」

「わかってない」

ぼそりとユリが言った。

ユリはわずかに目を伏せ、肩を小刻みに震わせている。やばい。こいつ、怒った。フローラは馬鹿だ。ガタライガンXを恐るるに足りないなんて言った。ユリは怒髪天だね。もう絶対にフローラを許さない。徹底的に戦う。んでもって、根こそぎバイオボーグを叩きのめす。

「わかっていないわ、フローラ」ユリが、おもてをあげた。「ガタライガンXは無敵よ。その超合成金属の肉体には、あたしの正義の心が宿っている。純真にして無垢なあたしたちをだまし、自身の欲望を満たそうとした邪悪な行為。天は見逃しても、あたしは許さない」

炎が湧きあがった。目には映らぬ不可視の炎だ。ユリの全身からめらめらと燃えあがり、コクピットを真っ赤に染める。怒りの炎が渦を巻く（と、あたしには見える）。

「オペレータ・ツー！」

鋭く、ユリが言った。

「はいっ」

気魄に打たれ、思わず、あたしは声高く返事をした。

「空間認識開始。障害物をすべてマーク」

「了解」

唯唯諾諾と命令に従ってしまう。逆らうことができない。からだが自然に動く。マーキングを完了した。バイオボーグのデータも入れた。人間とほぼ同じだが、まあ、ここには人間がいない。心配なのはヒンカピーだけだが、かれがでてきたら、誤射する前にユリがなんとかしてくれるだろう。たぶん。

「いつでもいいわよ」フローラに向かい、ユリが高らかに宣した。「排除できるものなら、排除してみなさい。誰の挑戦でも、受けてあげる」

身構えた。その動作に、ガタライガンXも反応した。

「みぎゃうう」

黒い影が、ガタライガンXの肩口から飛びだした。ムギだ。ライトニングブースターに乗ってついてきたムギも、いま戦闘モードに入った。

ひらりとムギが着地した。そのまま姿が見えなくなる。コンソールボックスの間に、すうっとその輪郭が溶けこんでいった。

「こざかしい」

フローラの表情が変わった。あどけない少女のようだった顔が、ふいに一変した。両目の端がくわっと吊りあがる。口が三日月のように大きくひらき、髪が逆立つ。額に青筋が浮かぶ。

その変貌が、まるで何かの合図でもあったのか。

とつぜん、波打つようにバイオボーグの群れが動いた。

無音だが、ざわっと音が聞こえてくるような動きだ。いっせいに展開する。左右に広がり、ガタライガンXを包囲しようとする。

何をするんだろう。

あたしはスクリーンを凝視した。画面はマルチに切られ、数方向を同時に表示している。

あたしは迫りくるバイオボーグの一体を重点的に観察した。見た目は完璧に人間の男性である。年齢は二十代半ば。金髪に碧眼のアングロサクソン系だ。顔は並み。ハンサムとは言いがたい。両手は、軽く拳を握っている。武器は帯びていない。いわゆる徒手空拳というやつだ。

数体のバイオボーグが一気に間合いを詰めてきた。左右に二、三人。正面に同じくらい。あと、背後にまわりこもうとしている者もいる。

映像をズームさせた。例の若い男のバイオボーグだ。

光を放っている。右手前腕部？　発光しているのではない。燦く感じだ。反射光のたぐいである。

「！」

わかった。皮膚だ。右手、手首から先の皮膚が変化した。何か金属的な質感を持つものに変わった。

動物の鱗や角が皮膚の変化したものであるように、バイオボーグも自分の体組織を人為的に変えることができる。それも、根本的な変化だ。筋肉が金属に変わるような変化をする。そうとしか思えない。

バイオボーグが跳んだ。

ふわっとジャンプした。すごい跳躍力。低重力であることを差し引いても、すごい。十数メートルを軽々と跳ぶ。

右手を振りあげた。もはや拳を握っていない。何か細長い棒状になっている。組成だけでなく、形状も変化した。

「ハイパースキュータム！」

ユリが叫ぶ。

火花が散った。

華やかに散った。

7

びっくりした。

どういう金属でできているのかはわからないけど、ハイパースキュータムは敵の攻撃を受け止めるための楯だ。物理的攻撃だろうと、ビームによる攻撃だろうと、簡単にははね返せるだけの硬度と強度が確保されている……はずだった。

スクリーンにALERTが表示される。

その意味は。

ハイパースキュータムに傷が入った。

致命的なダメージではない。擦過傷のレベルだ。しかし、たかがバイオボーグの右腕による一撃程度で、楯の表面が傷つく。

バイオボーグ、恐るべし。

「ちょこざいな」

ユリの左頬がひくひくと痙攣した。それ、何語だよ？

再び、バイオボーグが突っこんできた。今度は左右前後からの同時攻撃だ。先制の一撃で、ガタライガンXの防御能力を見切った。もう攻略法はものにした。これでケリをつけてやる。そう言いたげな動きだ。

「そうはいかない」

ユリが両手をぐるぐるとまわした。

「ブラストソード！」

右手で背中から何かを引き抜くポーズをする。

同じ動作をガタライガンXもおこなった。

ガタライガンXの右手に、光り輝く剣が一振り、握られた。

馬鹿でかい電磁メス。

そういう感じの剣だ。光の刃の中心に、細い刀身がある。それが発光しつつ振動し、すさまじい切れ味の剣となる。

「でええええいっ」

ユリの気合がコクピットに響く。言っちゃ悪いが、やたらとうるさい。

ブラストソードが一閃した。

赤みがかった光の帯が、左右ななめ×字《ばっ》に疾る。

襲いかかってきたバイオボーグをみごとに両断する。

とはいかない。

かわした。さすがはバイオボーグ。動きがめっちゃ速い。あたしは前にフローラが見せたデモンストレーションを思いだした。テーブルの上でキーを空打ちしてみせた、あの技だ。バイオボーグの肉体反応速度は想像をはるかに超えている。デモのときは指だけの動きだったが、バイオボーグはたぶん、からだ全体をその速度で動かせる。それだけの身体能力を有している。

「ちっ」

必殺の抜き打ちを破られたユリは、顔をひきつらせた。

が、さすがにいまのユリは違う。この程度ではめげない。さらに攻撃を重ねる。

「ニードルハリーーーケーン！」

　左手を突きだした。

　ガタライガンXも突きだす。五本の指をそろえて伸ばし、左腕を前方に。

　その尖端が迫りくるバイオボーグたちを狙う。その一方で、いま一度ブラストソードを揮う。

「ぐわっ」

　悲鳴があがった。

　ほとばしった。ガタライガンXの指先から銀色の渦流が。

　ブラストソードの太刀筋をよけ、空中で体をひねったバイオボーグの頭部を、その渦流が直撃した。

　ばしゃっと頭部が弾けた。

　微塵に砕け、赤い液体が四方に散った。

　ニードルハリケーン。

　文字どおり、針の嵐だ。髪の毛ほどの太さしかない、細くて鋭い合金製の針。それがガタライガンXの指先から噴出した。

　無数の針はあらゆる物質を貫通し、それをぐずぐずに切り裂く。いかにバイオボーグの肉体が強靱につくられていても、この針の嵐をまともに浴びたらひとたまりもない。

ニードルハリケーンを振りまき、ブラストソードを縦横に薙いで、ガタライガンXが前進する。

めざすは、もちろんフロア中央の保存タンクだ。

何よりもまず、あたしたちはヒンカピーを探さなくてはいけない。今度こそフローラが本当のことを言っているのなら、ヒンカピーこそが人類の生き残りその人である。しかも、男。その上、まあまあの容貌。当然、ほどよく若い。

ヒンカピーは、タンクの中に閉じこめられていたバイオボーグを解放するためのキーとなった。

たぶん、DNAチェックか何かに使われたのだろう。フローラは、あたしとユリの力を借りて、この研究所のシステムプログラムを書き換えた。それにより、コントロールのほとんどを奪った。でも、それだけでは仲間を解放することができない。タンク内部の液体を抜き、仲間のバイオボーグを覚醒させるためには、もうひとつ手順が必要だった。

人間が解放操作をする。

それが、その手順だ。

フローラは、たぶん、それもあたしたちにやらせるつもりでいた。ところが、ここになぜかヒンカピーがいた。どうしてヒンカピーがいたのかわからないが、いたのは好都合である。何よりもこの研究所のことをよく知っている。しかも、所員として登録されているから、各種チェックも通りやすい。

そこで、フローラはヒンカピーを拉致した。仲間を解放するのが先なので、あたしたちは放置された。さすがのフローラも、あたしたちがその能力でガタライガンXを見つけてしまうとは思っていなかったらしい。

解放操作をすませたヒンカピーは、どこにいるのか?

おそらくタンクの周辺のどこかだ。やたらとあるコンソールボックスの中が怪しい。

ガタライガンXがのしのしと歩を運ぶ。

バイオボーグはしきりに波状攻撃を仕掛けてくる。それをユリは、つぎつぎと撃破する。

ブラストソード。

ニードルハリケーン。

木漏れ日ビーム（ユリのセンスがわかるぜ）。

サンシャインアタック。

ガトリングクナイ（意味不明）。

いや、プロトタイプなのに、よくこんなに技があるわね。もしかしたら、プロトタイプだから多いのかもしれない。とりあえず、テスト用に詰めこめるだけ武器を詰めこんだ。どうせ、そのあたりが裏事情だろう。それをユリが嬉々として使いまくっている。

とはいえ。

「ああん。まどろっこしい」

ユリは少しおかんむりである。

バイオボーグの数があまりにも多いからだ。最初は数十体くらいに見えたが、こうやって一戦交えてみると、そんなレベルではない。百体近くいる。それに加えて、彼我のサイズ差が大きい。群がりくる兵隊アリとカブトムシの戦いって感じだ。一体ずつ相手していると、いらいらしてくる。

膠着状態に陥った。

ともに決め手がない。正面切って戦えば、ガタライガンXが圧倒的に強い。そこで、バイオボーグは持久戦を選んだ。

間を置き、ガタライガンXを取り囲む。

時間は十分にあった。バイオボーグには決着を急ぐ理由がない。

ガタライガンXには大きな弱点がある。

エネルギーの残量だ。武器の数は、そのままエネルギー消費量の増大へとつながる。巨体を自在に動かすというのも、ある意味ではハンディだ。体内に無尽蔵の動力源を有しているわけではない。

バイオボーグは、ガタライガンXのエネルギーが尽きるのを待つことにした。

それが、この膠着状態だ。

エネルギーが切れたら、ガタライガンXはただのでかい原寸大フィギュアと化す。

「そうは、させない」

ユリが両の目をくわっと見ひらいた。

「ムギ。パワー全開！」

大声で叫んだ。

その声は、ある波長の電波に乗り、瞬時にこのホール全体へと広がる。

ムギが応じた。

クァールは、このときを待っていた。

狂暴無比の猛獣がその枷を外し、本来の野性を復活させた。

「ぎゃおーーん！」

咆哮が轟き渡る。

いつの間にか、ムギは保存タンクの脇にいた。

フローラはクァールの力を熟知している。それをたしかめるため、あたしたちの覚醒時に小細工までした。だから、その動きをマークしていた。が、ムギの動きは彼女の予測を陵駕した。コンソールボックスの蔭にひそむバイオボーグを蹴散らし、ライトニングブースターから飛び降りたムギは、一気にホールの中央部へと至った。

ムギが跳ねる。牙を剝き、鋭い爪を振りかざして、バイオボーグに襲いかかる。

ガタライガンXを包囲するバイオボーグの陣形が、大きく乱れた。

「アバラーーンチミサイル！」

その隙を衝き、ユリがミサイルを放った。こんな研究所のホールの中での戦闘でミサイルかよと思うが、ユリは意に介さない。小さな表層雪崩程度だが、それでもばかばかとミサイルを撃つ。

「おのれ！」

フローラの姿が見えた。スクリーンに映った。ムギの猛攻に追われ、タンクの右手へと移動している。

「メタモルフォース！」

フローラが叫んだ。

甲高い声が、凜とあたしの耳朶を打った。

声に応じ、散っていたバイオボーグが、その動きを変えた。

体をひるがえし、反転する。

いっせいに戻る。ガタライガンXから離れていく。

「何をする気？」

あたしの背すじが、ぞくりと冷えた。
いやな予感がした。
バイオボーグが、いよいよその本性をあらわす。
そういう予感だった。

第五章　止めてちょーだい。この暴走

1

的中した。

ウルトラジャックポット。カジノなら、百億クレジットくらいの大当たりである。これがスロットマシーンじゃないのが残念でならない。

バイオボーグがそこかしこで集団をつくった。ひとつが十数人という単位の集団だ。集まったバイオボーグが、腕を組み、肩を抱いて、さらに凝集する。

わからん。

どう見ても、何をする気なのか、さっぱりわからない。

「組体操かしら？」

ユリが言う。どあほ。戦闘中に組体操やっても意味なんかないでしょ。

十数人のバイオボーグが、完全にひとかたまりになった。その間、わずかに数秒。こちらは、呆気にとられている。あとになって、あのとき、集団をひとつひとつミサイルで吹き飛ばしておけばよかったと反省したが、そんなこと、いまの時点じゃまったく思いつかない。ただただ口をぽかんとあけ、ユリとふたりでバイオボーグの動きを見守るだけである。

とつぜん、電撃が疾った。

コンソールボックスの蔭からだった。

一条や二条ではない。何十条という数の電撃が、落雷の稲妻のように床からほとばしり、このホール全体に激しく散った。

光の帯が華々しく放射状に伸びる。電撃がバイオボーグを打つ。

何かの攻撃か？

一瞬、そう思ったが、違っていた。そうではなかった。

ひとかたまりになったバイオボーグは、望んでその電撃を浴びる。浴びて、それを吸収する。

吸収？

そうだ。そのようにしか見えない。

バイオボーグはエネルギーを補給している。そして、何かをしようとしている。

変化が起きた。

例によってバイオボーグたちの体表面だ。

エネルギーをたっぷりと吸いこんだ上で全身を絡み合わせ、ひとつになったバイオボーグの集団。見た目がなんとなく人の形をしている。十数人が固まっているから、身長は五、六メートルといったところか。けっこうでかい。二本の足ですっくと立ち、腰も肩も頭部らしきものもある。肩の下あたりから二本の腕が左右に突きだしている。ただし、寄せ集めだから、つぎはぎだらけだ。パッチワークの人形みたいである。

そのつぎはぎが消えはじめた。

体表面が細かい鱗のようなもので覆われだす。

鱗はきらきらと光を反射した。光は全身に広がり、巨大な人型の輪郭すべてを埋めつくしていく。

同じだ。さっきの腕の変化と。体表面の組織が変わり、金属に置き換えられる。それとともに、つぎはぎの痕が失せ、寄せ集めの肉体が、本物の巨人のそれへと転生する。

「合体巨獣ドラスゴン」つぶやくように、ユリが言った。

「おのれ、そういう手できたか」

眉根を吊りあげ、目を剝いている。すっげーオーバーアクション。

「あれはドラスゴンよ、ケイ！」あたしに向かい、ユリは叫んだ。

「超新星ロボ・ダッカリンの第三十八話。〝赤き星に祈れ!!〟にでてきた合体巨獣。間違いないわ」

いいや、間違いあると思う。バイオボーグは、その三十八話を見てないはず。っていうか、そもそもあたしが、そんなの見たことないよ。

「ドラスゴンを使うとは考えたわね」正面に視線を戻し、ユリはにやりと笑った。

「バイオボーグは強くてスピードがあるけど、パワーの面でガタライガンXに大きく劣る。でも、こうやって合体すれば、その欠点を補える。しかも、総戦力は落ちていない」

「………………」

「いいわ。見てらっしゃい」右手を高く、ユリは振りあげた。

「ガタライガンXはひるまない。しかも、あたしはどうやってダッカリンがドラスゴンを撃ち破ったのか、その方法を知っている。姑息な戦法が通じると思わないで。正義は無敵よ！」

「はいはい」

力なく、あたしはうなずいた。

バイオボーグ改め、ドラスゴンが、蠢きはじめた。

百体ほどのバイオボーグが十数体単位で合体したため、その数は八体に減じた。八対一だ。パワーが増し、数は八倍。おまけにスピードはほぼそのまま。ひゅうっと八体が広がり、ガタライガンXを包囲する。あっという間だ。

「まとめてかかってきなさい！」高らかにユリが言う。

「一体ずつは、面倒よ」

一体ずつで、いいじゃん。

ユリの声が届いたのか、届かなかったのか、八体のドラスゴンが、すうっと間合いを詰めてきた。まじに一斉攻撃である。やめてほしいな、そういうの。ちょっと卑怯でしょ。

ガタライガンXが身構えた。ユリはスクリーンをマルチに切り、八体の敵の動きを同時に注視する。いつもなら、一画面だけでも見落としてしまうユリだが、人格変貌を遂げたいまは一味違う。八つの映像をすべて瞳で追い、情報を確保している。人間、やればできるのだ。しみじみ。

ドラスゴンがきた。腕が鋭く尖り、そのエッジが不気味に光っている。あの一撃を受けたら、傷だけではすまない。確実に装甲を切り裂かれる。よってたかって、ずたずたにされる。

閃光が激しく燦いた。

「バーストツイスター！」

ユリが叫んだ。

ぐわっ、新技だ。

そう思う間もなく、ガタライガンXが動いた。

まわりだす。

ロボットの巨体が。

まわる？

ガタライガンXが両腕を真横に突きだした。それから、少しからだ全体がななめになった。

あら、倒れちゃう。

と思ったが、倒れない。かわりにぐるぐるとからだを回転させた。フィギュアスケートの高速スピンのような動きだ。手首あたりに小さなノズルがあり、それで回転エネルギーを与えているらしい。

まわる。

すさまじい勢いでまわる。まるでコマだ。あたしとユリは、その中心軸にいる。もちろん、一緒にまわっている。そして、あたしは心の準備ができていない。まさか回転するなんて、ぜんぜん予想していなかった。

ぎゃあああああ！

悲鳴をあげるしかない。こんな超絶スピンに、あたしが耐えられるはずがない。

ガタライガンXは回転しながら、ドラスゴンを迎え撃った。

ごうごうと風がうなる。ガタライガンXのウルトラ高速回転が生みだす大竜巻だ。漏斗状に広がった風の渦が周囲のもろもろを根こそぎ呑みこんでいく。

八体のドラスゴンが風の奔流に巻きこまれた。

宙に浮き、ガタライガンXのまわりをぐるぐるとめぐる。しかし、自身のコントロールを完全には失っていない。さすがはバイオボーグ十数体ぶんのパワーだ。

「ジェノサイドビーム!」

ユリが、さらに技を繰りだす。よくやれるよ。こんな状態で。あたしなんか、もう思考力ゼロである。何も考えられない。スクリーンの映像は一緒にまわっているから見ることができるけど、解析は不可能だ。ただ見ているだけ。ああ、ドラスゴンが動いている。元気だなー。

巨大ロボットの放ったビームが、竜巻をずぶずぶと貫いた。

数十条に及ぶ光線の直撃を浴び、ドラスゴンが光る。光が細かく砕け、四方に散る。

ってことは。

ビームが効いていない。

鱗状に変わった皮膚が、攻撃をはね返している。

電撃がきた。

吹き荒れる竜巻を裂き、稲妻がつぎつぎと飛んでくる。ジグザグの光条が、ドラスゴンを包む。さらなるエネルギー補給だ。力を得て、ガタライガンXの技を破る。狙いはそこにある。

ドラスゴンがガタライガンXに迫った。とてつもない速度で回転する巨大ロボットを恐れる気配は、微塵もない。

「まわれー！」ユリの声が高くなった。

「もっとまわれー！」

ほとんど絶叫である。

ドラスゴンが打ちかかってきた。剣と化した腕を左右に振る。渦巻く風に逆らい、ガタライガンXの装甲にしがみついてくる。

密着されたらまずい。バーストツイスターが意味を失う。

「停止！」

ユリが叫んだ。

回転が止まる。逆噴射で、一気に減速する。

と同時に。

「アバラーーーンチミサイル！」

ミサイルを発射した。

え、この距離で？　と思うが、ユリはためらわない。

ドラスゴンは、ガタライガンXからわずか数メートルの位置にいた。とんでもない至近距離である。そこにミサイルが飛ぶ。

爆発した。

火球が広がる。赤い炎の塊がいくつも、ガタライガンXを囲んで炸裂する。

衝撃がきた。

ガタライガンXの巨体が、ぐらりと揺らいだ。

倒れる。このままだとひっくり返る。

ぎええええええ！

また、あたしは悲鳴をあげた。

2

完全にバランスを崩した。姿勢制御装置では、対処しきれない。ガタライガンXはほとんど真横になっている。

「ライトニーングブースター！」

ユリが手を打った。

そうか。背中からの噴射で体重を支え、体勢を戻すのか。うまい。さすがはユリ、口先だけだけど、とりあえず褒めちゃう。

ライトニングブースターと、細かい姿勢制御ノズルの噴射で、ガタライガンXはなんとか転倒を免れた。ゆっくりとからだを起こし、再び直立する。

が、当然ながら、その間、防御はがら空きになった。

そこをドラスゴンが衝いてきた。

雪崩るように八方向から一気に斬りかかってくる。

「ブラストソーーード！」

ユリも剣を抜いた。

こうなったら、飛び道具は使えない。白刃を用いての肉弾戦になる。

「はあっ！」

ガタライガンXがブラストソードを揮った。ユリがシートの上でしきりに腕を振り、上体をひねる。とはいえ、敵の挙措を捕捉し、それに応じて動いているのは、基本的にガタライガンXのAIである。だから、ユリの動作どおりにガタライガンXは動いていない。けっこうずれる。それでも、雰囲気は味わえる。ちょっと楽しそう。

などと言っている場合ではなかった。

さしものガタライガンXも、八対一は多勢に無勢である。

「ハイパーーースキューターム！」

群がるドラスゴンの激しい攻撃を楯で受け、剣で技を返した。でも、とても間に合わない。動作のすべてで後れをとる。歯噛みしちゃうくらいじれったい。

「どうしたのよ？」ユリに向かい、あたしは怒鳴った。

「ドラスゴンを撃ち破る方法を知ってるんでしょ！」

「敵もさる者だわ」頬をひきつらせ、ユリが答えた。

「こちらの裏をかいてくる。きっと超新星ロボ・ダッカリンを見てたのね」

見てねー。

絶対に見てねーよ！

がんがんと音が響く。

ドラスゴンの剣がガタライガンXの装甲を切り裂く音だ。いや、さすがにまだ切り裂くまでには行っていない。ただひたすら、思いっきり剣状に変形した腕をガタライガンXのボディに叩きつけている。

スクリーンの隅にALERTの文字が赤く浮かんだ。ダメージがではじめている。このままだと、本当に切り裂かれそうだ。

なんとかしてよ。ユリ。

あたしはユリを見た。助言してあげたいけど、巨大ロボットの効果的な運用法なんか、あたしはぜんぜん知らない。頼りになるのは、ユリだけだ。正直言って、ぜんぜん頼りにしたくないが、いまは、やむなく頼りにする。それしか、選択肢がない。すごくトホホ。

正面に二体が突っこんできた。

ユリがブラストソードで応戦する。

その瞬間。

予期せぬ衝撃が、巨大ロボットの足もとを襲った。

フェイントだ。

さっきガタライガンXがバランスを崩したのを見て、ドラスゴンは知った。二足歩行の人型ロボットは、足に弱点がある。

正確には、弱点ではないと思う。それにより、高い機動性を得ているし、多彩な攻撃技を用いることも可能になる。しかし、そこを攻められたら、致命傷を負いやすいことも事実だ。それは気が遠くなるほどの大昔、ある勇者の死によって実証された。偉大な戦士アキレスは、かかとを矢に射抜かれて命を落とした。

ガタライガンXがブラストソードを揮うため一歩踏みだそうとしたところを、三体のドラスゴンが狙った。

振りあげた脚に二体が体当たりをかます。さらに、あと一体が軸足を剣で打つ。

あっという間だ。

今度はライトニングブースターを使う余裕もなかった。

衝撃を感じたときには、もうガタライガンXは横転していた。

横ざまに倒れる。本来なら仰向けにひっくり返るところだったが、ブラストソードを振っていた勢いで、腰から上が大きくひねられた。

ぐわっしゃーーーん！

音もすごいが、ショックもすごい。鞭打ち症になりそう。

「がんばれっ！」

ユリが必死でガタライガンXに活を入れる。スクリーンを睨みつけ、声援を送る。あとは、AIの反応にまかせるしかない。

「ジェノサイドビーム！」

近づこうとするドラスゴンをユリはビームで牽制した。が、やはりビームはまるで効かない。鱗でコーティングされた体表面にあっさりと弾かれ、四方に散らされてしまう。

やばい。

あたしのお肌が粟立った。

こんな体勢で、ドラスゴンの剣に滅多打ちにされたら、ものすごくやばい。まじでずたずたにされる。まな板の上に横たわり、刺身にしてよと叫んでいるマグロみたいな有様だ。

スクリーンに、八体のドラスゴンが映る。

見る間に、それがどアップになる。速い。一気に間合いを詰めた。ガタライガンXは、何もできない。

あたしはあれえと絶叫し、両てのひらで顔を覆おうとした。

そのときである。

あらぬ場所で爆発が起きた。

とつぜん、どかんという太い音が響いた。

突きあげるように、床が波打つ。

爆心地は。

バイオボーグの保存タンクだ。

保存タンクが、みごとに吹き飛んだ。

けっこうな大爆発である。タンクがこなごなになった。何か、強燃性の物質でも使われていたのだろうか。炎も高くあがっている。それに反応したのだろう。床からは消火剤が霧状に噴出している。

「みぎゃっ」

通信機から声が飛びだした。

ムギの声だ。

じゃあ。

これはムギのしわざ？

あたしはスクリーンの映像を切り換えた。保存タンクに近いコンソールボックスをつぎつぎと映した。

そのひとつに。

黒い影があった。

あたしは映像を拡大する。

ムギだ。漆黒の黒い肢体が、コンソールボックスの上でしなやかに躍動している。

「ん？」

あたしは少し前に身を乗りだした。ムギの輪郭がへんだ。背中のあたりに白いこぶのようなものができている。

さらに映像を拡大させた。

「あっ」

思わず、声をあげた。

ヒンカピーだ。ムギの背中にヒンカピーが乗っかっている。きちんとまたがっているのではない。意識がないらしく、鞍を置いた感じで、横からだらりとぶらさがっている。これは、たぶん、ムギが載せたのだろう。コンソールボックスの奥かなんかで、ヒンカピーを発見した。それで、そこから引きずりだし、ここまで運んできた。そういうことだ。でもって、ついでに、バイオボーグの保存タンクを破壊した。

破壊した理由は――。

「でえいっ！」

ユリが気合を発した。ガタライガンXが右手に握ったブラストソードを勢いよく振った。

その反動で、ガタライガンXの巨体がごろりとまわる。右膝をつき、左足の爪先で床を蹴る。

ふわりと立った。軽やかな身のこなしだ。

ドラスゴンが攻撃してこない。なぜか、ガタライガンXが態勢を立て直すのを黙って眺めている。

なんで？

ふと気がついた。

電撃が疾っていない。

コンソールボックスの蔭からしきりにほとばしっていた電撃だ。その電撃が断続的にドラスゴンを打っていた。それは、ガタライガンXとの死闘の間もずうっとつづいていた。

電撃は、エネルギーの補給手段だ。バイオボーグの集合体であるドラスゴンは、その姿の維持のため、莫大なエネルギーを必要とする。電撃は、それをサポートするエネルギー源となっていた。

そのエネルギー源が途絶えた。電撃の発生装置が保存タンクの下に隠されていた。爆発したのは、その装置である。ムギはそのことに気付き、タンクごと装置を破壊した。だから、ドラスゴンはいきなり動きが鈍った。エネルギー切れで、ガタライガンXに総攻撃を仕掛けられない。

崩れた。

ドラスゴンの輪郭が。

戻っていく。バイオボーグの集団に。凝集した形状を保つことができない。一体一体がばらばらになる。

バイオボーグが散った。

すうっと広がり、物蔭へと飛びこむ。あたしたちの視界から失せる。

「みぎゃおう」

また、ムギの声がコクピット内に響く。

「ヒンカピーを見てくれ」

ムギは、そう言っていた。

3

「降ろして」ユリに向かい、あたしは言った。

「降りて、ヒンカピーの様子を見てくる」

「いいけど、カバーしきれないわよ」

ユリがまじな目つきで、あたしを見た。

たしかにそのとおりだ。ドラスゴンに変身していたバイオボーグがばらけた。また百体くらいの集団に戻った。それら一体一体と、ガタライガンXが個別に対峙することはできない。

「あいつら、エネルギー供給を断たれて、どこかに隠れたわ」あたしは言う。

「でるとしたら、いましかない。いまだからでられるのよ」

「わかった」ユリは小さくうなずいた。

「できる限り援護する。たぶん、ムギもなんとかしてくれる。でも、安全は保証できない。それは覚えておいて」

コンソールのキーを叩いた。

「オペレータ・ツー、離脱」

音声で命令を発した。

ところで、どうやってコクピットから外にでるんだろう？　乗ったときは、シートがリフトアップされた。しかし、いまここにそういう装置はない。それでも、簡単に脱出できるのかしらん。

と思った直後。

すとんと、あたしのからだが落ちた。

「え？」

どうやらシートの座面が下に向かって倒れたらしい。それで、あたしはまっすぐに落下した。

狭いトンネルをあたしは下っていく。低重力の上、壁の抵抗があるため、速度はたいしたことない。それでも落下は落下だ。しかも予想していなかったから、少し顔がひきつる。

しゅるるるる。

どこを通っているんだろう。

いきなり横倒しになった。まるで、すべり台の終点だね。仰向けになり、落下速度が大幅に減じた。

止まる。まだ外にでていない。だけど、止まる。周囲は真っ暗だ。状況がまったくわからない。

「暴れないで」ユリの声が聞こえた。

「システムが宇宙服を着せてくれるわ。そこからでるときは宇宙服を着る。それが原則みたい」

「りょーかい」

あたしは動きを止めた。言われてみれば、なるほどだ。これは、たぶん非常脱出装置なんだろう。それで、宇宙服の自動着用が手順に組みこまれている。ガタライガンXの運用環境を考えれば、当然の処置だ。プロトタイプなのに、よく配慮されているわね。

ちょっと感心した。

そのあいだに、あたしの全身が何かはっきりしない素材でくるくると被われていく。まるで、包装されているみたいだ。できれば、リボンもつけてほしい。

作業が完了した。最後に、ヘルメットをかぶせられた。生命維持装置が附属している。

そして、仕上げだ。押しだされる感覚がきた。腸の蠕動運動を連想させる動きである。

はっきり言って、いい気分じゃない。

投げだされた。周囲が明るくなった。背中から床に落ちた。

すぐに身を起こし、まわりを見る。

背後に、ガタライガンXのかかとがあった。

前ではなく、後方に射出された。五メートル以上、離れている。かなりの勢いで放りだされたらしい。歩行中の脱出も想定されているのだろう。脱出と同時に蹴とばされたら、かなわない。

とりあえず立ちあがった。宇宙服で固められてしまったため、武器を手にしていない。ビームライフルはガタライガンXのコクピットの中。レイガンは腰のホルスターに納められている。取りだす方法は……ない。

幸いなことに、バイオボーグの姿はなかった。いま襲われたら、間違いなくあたしはお陀仏だね。丸腰で、動きも鈍くなっている。ユリの援護はあてにならない。ムギはけっこう遠くにいる。

と思ったら。

「ぎゃわん」

もたもたしているあたしを見て、ムギがさっさとやってきた。背中でヒンカピーの手足がぶらぶらと揺れている。

あたしは前に進んだ。ああ、宇宙服がうっとーしい。まるで博物館のミイラだね。脱げるものなら脱ぎたいが、それも、相当に面倒臭そうである。

ヒンカピーは意識を失っていた。しかし、息はある。宇宙服ごしなので判然とはしないが、危機的状況にあるようには見えない。

「ケイっ！」

ヘルメットの中で、ユリの声が甲高く響いた。

「はいはい。こちら、ケイ」

あたしはのんびりと答えた。ムギが目の前にいるので、丸腰でもわりと安心している。

「警報がでているわ」ユリが言った。

「ちょっと前からぴーぴーと鳴っている」

「警報？」

あたしの眉が小さく跳ねた。

「空気の組成に変化。重金属の粒子や塩素なんかが検出されてる。いわゆる有毒ガスの流入ってやつね。しかも、その濃度がどんどん増していて、あと数分で人類の生存が不可能になるって予測も表示されている」

げげげ。

それって、めっちゃやばい話じゃん。一応、絶対生物のムギと宇宙服を着ているあたしは平気だと思うけど、ヒンカピーはまずい。そんな空気を吸ったら、いちころだよ。

「どうしよう？」

あたしはヒンカピーとガタライガンXを交互に見た。

「宇宙服を送るわ」即座に、ユリが言った。

「さっきの脱出口から、取りだしてちょーだい。それをヒンカピーに着せるの」

宇宙服を着せる。

ちょっとたいへんそう。でも、たしかにそれが最善策だ。あの狭いコクピットに、あたしとヒンカピーがもぐりこむことはできない。

あたしはガタライガンXのかかとの前に戻った。

かかとの一部が跳ねあがり、ひらく。人ひとりがやっと通りぬけられそうな通路があらわれた。うーむ。あたし、こんな細いところをくぐって外にでてきたのか。こうやってみると、まじにあたしってスマートなのね。バストやヒップがひっかからなかったのが、ちょっと無念。

通路の奥に、銀色の塊があった。丸いヘルメットも転がっている。あたしがむりやり着させられた宇宙服よりも、もっと簡易型という感じだ。

引きずりだした。カバーが閉まる。合金の装甲、かなり厚いね。頑丈なはずだ。プロトタイプだけに、ややオーバースペック気味につくられているのかもしれない。そのぶん、運動性が少し甘い。そこのところをバイオボーグに衝かれた。

宇宙服を手に、あたしはムギの横に戻った。

さっそくヒンカピーにそれを着せる。作業はムギの背中の上で、そのままおこなった。そのほうが着せやすい。

「急いで」ユリが言う。

「ガスの濃度が急速にあがっているわ。あと二、三分で致死量になるやだ。せかさないでよ。あせって、逆にミスっちゃうでしょ。」

なんとか、着せ終えた。ヘルメットをかぶせ、しっかりと密封する。それから生命維持装置をオンにして、バルブをあける。

「がるるるる」

ムギがうなった。

「がるるるるる」

牙を剝きだし、全身の毛を鋭く逆立てている。

これって、ふつーじゃない。

何かが起きようとしている。あたしは上体をひねった。うしろを振り返った。

見えない。目に見える変化は、あたしの視界の中では何もない。

「試合再開よ」

ユリの声が、あたしの耳朶を打った（骨伝導で届いているから、正確に言えば頭蓋骨を揺すぶったということになる）。

「なんなの？」

あたしは訊いた。

「バイオボーグよ」ユリが答えた。

「また、どこかから湧いてでてきた。床下かしら。第二ラウンドを戦う気十分って顔をしている」

やれやれ。あたしは唇を尖らせた。やっぱり、あれで退散というわけにはいかなかったのね。でも、エネルギー切れなのに、よくやるよ。

あたしはガタライガンXを見た。巨大ロボットはあたしたちに背を向け、ブラストソードを青眼にかまえている。

ん？

なんか、おかしい。

ガタライガンXが、やけにきらきらと輝いている。いや。ガタライガンXだけじゃない。そのまわりにも光が細かく散っている。しかも、あたりが白くけぶっているようにも見える。

霧の中に漂うダイヤモンドダスト。

なんて言うと、すごくロマンチックな雰囲気があるが、実際はちょっと違う。もっと不気味な感じがする。

ガスだ。

さっきユリが言っていた有毒ガス。それが濃度を増し、目に見えるようになった。重金属の粒子が混じっているというから、燦く光はそれが源なのだろう。

しかし、これはどういうガスなのだ？

あたしたちを追いつめるだけなら、こんなけったいなガスをこのホールに充満させる必要はまったくない。ここの空気を外部に放出してしまうだけでオッケイだ。それで、あたしたちは窒息する。ムギは平気だけど、人間は生きていけない。

「がうっ！」

とつぜん、ムギが咆えた。

怒りをあらわにし、正面をまっすぐに見据えた。

4

あたしはムギの視線を追った。

正面、少し右手といったところか。

バイオボーグがいた。横一列になって移動している。目標は、ガタライガンXだ。流れるように走っている。速い。元気だ。めちゃくちゃパワフルだ。

なんでよ？　エネルギーが切れちゃったんじゃなかったの？　床下でエネルギーをたっぷりと補給してきたのだろうか。それは十分に考えられる。そのためにいったん撤退するのは、戦略としてまちがっていない。

でも――。

あたしは、さらに瞳を凝らした。

ガスが渦を巻いている。視界はいまいちだ。きらきら光る粒子が、前進するバイオボーグの群れを包む。

粒子！

自身を包んだガスを、バイオボーグは体表面から吸収している。粒子の動きで、それがはっきりとわかる。

そうだったのか。

あたしは合点した。このガスは電撃に替わるバイオボーグのエネルギー源だ。あのガスをこのホールに満たしておけば、バイオボーグは常に膨大な量のエネルギーを体内に取り入れることができる。

退いたバイオボーグは、床下でシステムをいじり、このガスを噴出させることに成功した。そこで、もう一度ホールにでてきた。今度こそガタライガンXと雌雄を決するために。

左右に広く散開していたバイオボーグが、また凝集を開始した。百体に及ぶバイオボーグが、すうっと一点に向かい、集まってくる。位置的には、ガタライガンXの真正面だ。距離はおよそ四十メートルくらいだろうか。少し大きく間をとっている。

また八体のドラスゴンになる気ね。

あたしは、そう思った。たぶん、ユリもそう考えたはずだ。

しかし。

予測はちょっと外れた。

バイオボーグは、たしかに凝集し、再び大きな塊をつくった。が、先ほどと異なり、塊は複数に分かれない。

ひとつの塊になっていく。

ひとつ？

それ、かなりでかくなるんじゃないの。

「うがるるる」

ムギがうなった。

塊がむくむくと成長した。立ちあがり、直立する人の姿へと変貌する。

ホールいっぱいに満ちたガスにより、バイオボーグは桁違いのエネルギーを手に入れた。小さめの八体ではなく、巨大な一体を形成し、維持できる膨大なエネルギーだ。そのエネルギーで、バイオボーグは一気におのれを変身させた。

「ケイ」硬い声で、ユリが言った。

「しばらくどこかに隠れてて」

「いいの？」

「武器ないんでしょ」

「うん」

「ヒンカピーをかかえているんでしょ」

「うん」

「隠れてなさい」

「はい」

「ムギ、ふたりを頼んだわよ」

「みぎゃっ」

しくしく、あたしの立場がない。でも、ユリの言うとおりだ。いまの状況では、どこかに隠れて様子を眺めているくらいしか、あたしにできることはない。

ホールを横切り、コンソールボックスのひとつまで走った。例によってひどく破損しているが、それは逆に都合がいい。もぐりこむための穴がたくさんあいている。

内部に入った。あたしとムギとヒンカピーが納まっても、まだ十分に余裕のある広さだ。

シートにすわり、座面を回転させて、あたしはカバーの破れ目から、外を覗いた。なんか、トーチカの中にこもったという感じがする。これで、ビーム砲の砲台でもあれば役に立つのだが、残念、兵器と名のつくものはゴムパチンコひとつ置いてない。

バイオボーグの再変身が終わった。

やはり巨大な一体になった。身長は、ガタライガンXとほとんど差がない。二十メートル前後だ。シルエットは全体に細身で、角やプロテクターはついていない。のっぺりとしたチタンシルバーの粘土人形といった雰囲気である。もっとも安定性を高めるためか、下半身は太めで、とくに膝から下が裾広がりにでかい。ちょっと不恰好だね。もう少し造形美ってものがほしいところだ。

なんて、悠長に批評している場合ではない。

とりあえず、名前をつけよう。ユリが何も言ってこないので、簡単にドラスゴン（大）と呼ぶことにする。あたし、ネーミングは苦手なのだ。

ドラスゴン（大）は、あたしのほうには目もくれなかった。変身完了と同時に、ガタライガンXに向かい、進んだ。あいつら、敵はこの巨大ロボットだけだと思っている。たしかにそうだ。ガタライガンXさえ倒せば、ムギ以外は無力だ。身ひとつになったあたしとユリ、それにヒンカピーなんて、ゴミみたいなものである。指先で弾くだけでかたがつく。

「う……」

小さな呻き声が聞こえた。

あたしの通信機からだった。

振り向くと、ムギの背中の上で、宇宙服を着たヒンカピーが上体を起こそうとしている。あらま、ムギ。律儀に、まだかれを背中に載せていたのね。

あわてて、ヒンカピーを床におろし、仰向けにした。ヘルメットの中でヒンカピーが目をあけ、探るように首を左右に振った。

「ここは、どこだ？」

かすれた声で訊く。どうやら、完全に意識を取り戻したらしい。

「第一階層のコンソールボックスの奥」あたしは答えた。

「外で、ユリがバイオボーグと戦っている」

「見せてくれ」

「いいわよ」

　あたしはヒンカピーのからだを支えた。背後にまわり、ムギと一緒に背中を押す。あら、ヒンカピーってけっこう筋肉質。簡易宇宙服だから、手ざわりでそれがわかる。意外にたくましい男性の肉体だわ。

　って、ただれた欲望に溺れているときではない。

　ヒンカピーを立たせ、カバーの破れ目まで連れていった。

「これは」

　外を一目見て、ヒンカピーは絶句した。

「おかしなガスをここに満たされちゃったの」あたしは言った。

「バイオボーグは、そこからエネルギーを補給し、あんなふうに変身した」

「最終形態だ」つぶやくように、ヒンカピーが言った。

「ついに、ここまできてしまったか」

「何があったの？　フローラに拉致されてから」

　あたしはヒンカピーに訊いた。

「覚醒作業をやらされた」

　破れ目から離れ、ヒンカピーは床の上に腰をおろした。通信機の電波モードは微弱に設定されている。数メートルしか届かない。バイオボーグに盗聴されることはないだろう。

「あなたがキーになったのね」

「そうだ」ヒンカピーは小さくうなずいた。

「生体活動を停止させたバイオボーグを甦らせるためには、人間によるシステム操作が必須になっていた。システムが瞬時にＤＮＡを調べ、バイオボーグを排除する。だから、やつらは俺を欲した」

「操作はどこでやったの？」

「このフロアの地下だ。そこに保存タンクのコントロールルームが隠されている。いや、保存タンクだけじゃないな。バイオボーグの管理全体を司っているコントロールルームだ」

「そこで、素直に作業をおこなった」

「あまり素直ではなかった」ヒンカピーは首を横に振った。

「俺は、ここのシステムを熟知している。だから、やつらはおまえたちではなく俺を拉致したのだろう。だが、知っているということは、それなりに小細工もできるということだ」

「じゃあ」

「やった。しかし、途中でバイオボーグにばれた。装置の一部を壊され、そのとき俺の目の前で火花が散った。あとは覚えていない。気がつくと、ここにいた」

「小細工って、何をしたのよ？」

「バイオボーグのエネルギー供給を断とうとした。バイオボーグには合体能力がある。が、それを維持するには莫大なエネルギーが必要とされる。そこで、そいつをカットするプログラムをこっそりと流した」

「それで、電撃がいきなり熄んだんだ」

「動作したのか。あのプログラム」

「立派にね」

あたしはあごを引いた。ムギが保存タンクと一緒に電撃発生装置を壊したことには、あえて触れない。これはすべて、ヒンカピーの手柄にしておこう。

「でも、すぐに手を打たれたわ」あたしは言を継いだ。

「バイオボーグはいったん地下のコントロールルームに撤退し、システムに介入した。その結果、このホールは怪しげなガスに満たされ、そこからエネルギーを得たあいつらは、大巨人へと変身を遂げた」

「まさか、おまえたちがギガースを発見するとはな」ヒンカピーは口もとに薄く笑いを浮かべた。

「しかも、それを苦もなく操っている。おまえたちはいったい何ものだ」

「あたしたちはＷＷＷＡのトラコンよ」

「ＷＷＷＡ！」

ヒンカピーの顔色が変わった。ヘルメットごしだからよくわからないけど、たしかに変わった。心なしか唇もかすかに痙攣している。

そのまま、おし黙った。表情が固い。

目を伏せ、うつむいた。

5

ちょっと異常な反応だった。

そりゃあ、たしかにあたしのような美女にとつぜんＷＷＷＡのトラコンだって告白されたら、誰だって驚くわ。

けど、ここで茫然とされていたんじゃ、話が先に進まない。

「まだ事情聴取、終わってないわよ」

あたしはヒンカピーの肩を叩いた。

「…………」

おもてをあげ、ヒンカピーがあたしを見た。表情は固いままだ。

「小細工は、エネルギーのカットだけなの？」あたしは訊いた。

「ほかにもいろいろしたんじゃない？」

「ああ」低い声で、ヒンカピーは答えた。

「このことを軍に通報した」

「軍？」

なに、それ？

「システムにはバイオボーグに知られていない回線が接続されていた。有線で地上に設置された超高指向性アンテナに情報を送り、そこから中継用人工衛星に対して電波を飛ばす。情報はナノ秒単位に圧縮されていて、通信管制の影響をほとんど受けない。傍受されることもない。内容は〝バイオボーグ覚醒。重要度ＡＡＡ〟それだけだ。しかし、それだけですべてが伝わる」

「伝わるって、誰に？」

「軍だ」

「軍って、なに？」

「おまえ、大丈夫か？」ヒンカピーが訊いた。

「とてもトラコンとは思えない質問だぞ」

「ほっといて」あたしはほっぺをかーいらしくふくらませた。

「まじに意味不明に陥っているんだから」

「軍は、軍だ」ぼそぼそとヒンカピーは言葉をつづけた。

「サルシフィの国家宇宙軍。グリヤージュを極秘で管理している。おまえたちは、そのことで政府の提訴を受け、ここにきたのだろう」

「はあ？」

あたしは口をぽかんとあけた。何を言っているのだ。このにーちゃんは。

「よくわかんないんだけど」あたしは言った。

「サルシフィの国家宇宙軍ってまだ機能しているの？」

「当然だ」ヒンカピーは、ぎろりとあたしを睨んだ。

「この研究所も、軍の施設として建設された。たしかに衛星ごと凍結され、その存在も完全に秘匿されているが、それでも、いまなお軍の管理下にあることは間違いない」

「人類が滅亡しても、軍が残っているっていうこと？」

「はあ？」

今度はヒンカピーがぽかんと口をあけた。

「だって、戦争があって、銀河系全体がしっちゃかめっちゃかになって、人類がどうしようもなくなって……」

「もう一度訊く」ヒンカピーは口を閉じ、真顔になった。

「おまえ、頭は大丈夫か？」

「そっちこそ、大丈夫なの？」あたしは拳を握り、声を荒げた。

「状況理解できていないんじゃない。八十年以上も眠っていて、記憶が混乱してしまったとか」

「八十年眠っていた？」

「冷凍睡眠よ！　いまは西暦で何年なのか、わかってる？」

「二一四一年だ」

「そう。二一四一年。……えっ？」

「二一四一年だ。銀河標準暦でひと月前、俺はバイオボーグの叛乱から逃れ、パニックルームにこもった。ひと月前も二一四一年。ひと月経ったいまも、まだ二一四一年だ。もちろん、冷凍睡眠に入ったことなどまったくない！」

「嘘！」あたしは叫んだ。

「だって、フローラが――」

そこで、言葉を失った。

重大な事実に思いあたった。

あたしたちは、フローラにだまされていた。

つくり話を聞かされ、それを頭から信じこんでいた。

この研究所で眠っていたのは、人類最後の生き残りではなく、バイオボーグの集団だった。ドクター・パニスという人も存在しなかった。フローラは戦闘能力をスポイルされてなどいなかった。

でっちあげストーリーである。巧妙な偽りの集合体。

しかし、あたしたちの認識はさらに甘かった。もっと手ひどくだまされていた。でたらめだったのは、それだけではない。嘘の範囲はもっと広かった。というより、ほとんどすべてがでまかせだった。

二一四一年。

あたしたちの冷凍睡眠期間はすごく短かった。一年にも及んでいない。たぶん、数か月。いいえ、もっと短期間かもしれない。

まさか……。

轟音が響いた。

床が大きく揺れた。

すさまじいショックとともに、コンソールボックスのカバーが裂け、吹き飛んだ。

いきなり、まわりが明るくなる。薄暗い穴ぐらにひそみ、膝をかかえて隠れていたのが見つかって、ふいにハンドライトで照らしだされたような気分だ。

何が起きたのか。

あたしは思考を中断し、あわてて周囲を見まわした。

すぐに状況がわかった。

ガタライガンXが倒れたのだ。

ドラスゴン（大）はものすごく強かった。あきれるくらいパワフルだった。体当たりかパンチか知らないけど、その一撃をまともに浴び、ガタライガンXが宙を舞った。はね飛ばされ、背中から床に叩きつけられた。

そこに、ちょうどあたしがもぐりこんでいたコンソールボックスがあった。カバーをはぎとったのは、ガタライガンXの左腕である。やばかった。ボックスの底でヒンカピーとひそひそやり合っていたから助かったが、コンソールデスクの上にでもあがっていたら、確実に巻き添えをくらっていた。

「ケイ、聞こえる？」

ヘルメットの中で、ユリの切迫した声が響いた。

「聞こえるわ。どうなってるの？」

あたしは応えた。

「だめ。あいつ強い」珍しくユリは、弱音を吐いた。

「ガタライガンパンチも、ガタライガンキックも、ぜんぜん効かなかった。このままだと、絶対に負ける」

「負けるって、じゃあ、どうする気よ？」

「最後の切札を使うわ」

「最後の切札？」

「謎の必殺技があるの。附属のチュートリアルを見ても、どういうものかわからない。でも、これは間違いなくすごい技。これを使えば、百二十パーセント勝てる。どんな敵でも打ち負かしちゃう」

　ほんとかよ。

「見るがいい。邪悪な魔王！」

　いきなりユリの口調が変わった。ものすごく芝居がかったものになった。女性歌劇団のトップスターのせりふみたいだ。

「このあたしが、いま清き魂の結晶でおまえを倒す」

　ガタライガンXが立ちあがった。ひらりと身を起こし、軽やかに跳んで、床の上にすっくと立った。

　立って、身構えた。

　おお、なんか、めちゃかっこいい。

「ガタライガンX、究極奥義！」

ユリの甲高いソプラノがあたしの頭蓋骨をびりびりと震わせる。

技の名を叫んだ。

「アルチメーット・ハイパフォーマーーーンス・スーパーノヴァァァァァァ！」

長いよ。それ。

光った。

ユリの絶叫と同時に、ガタライガンXの全身が黄金色に光った。

まぶしい。

あっという間に、ガタライガンXの輪郭が見えなくなる。すさまじい光だ。爆発的に広がり、その全身が、まさしく太陽のごとく輝く。

た、たしかにすごい。

アルチメット・ハイパフォーマンス・スーパーノヴァか。

あたしは、ちょっとだけびびった。

少なくとも、見た目だけは、いままでの技の中で最高にすごい。

炎がほとばしった。

違う。炎じゃない。あれはプロミネンスだ。高熱プラズマの渦流。ガタライガンXが、その巨体から連続して放出する。

プロミネンスがホールの天井に当たった。

爆発した。天井が瞬時に砕ける。だが、破片が落ちてこない。爆発の直後に、蒸発した。

「おい！」ヒンカピーが、あたしの肩をうしろからつかんだ。

「いまのは、なんだ？」

「なんだって、秘密の必殺技よ」

あたしは答えた。

「訊いてくれ。ギガースの操縦者に」こわばった表情で、ヒンカピーは言う。

「その技を表示させたときに警告がでなかったか？」

「警告？」

「早く訊いてくれ！」

はいはい。

あたしはユリに訊いた。

「警告？　でたわよー」いかにもユリらしい、ウルトラ能天気な声と口調で返事が戻ってきた。

「〝テスト未了。極めて危険〟って」

「やはり、そうか」

ユリの答えを聞き、ヒンカピーは棒立ちになった。

「それ、まずいの？」

あたしが訊いた。

「まずい」ヒンカピーは即答した。

「恐ろしくまずい。最悪にまずい。どうしようもなく、まずい！」

目を剝き、語尾を震わせて言う。

三段構えの断言だ。

本当にまずそう。

ぞわっときた。

あたしの背すじが。

6

「プラズマ・ストリームだ」ヒンカピーは言を継ぐ。

「予備テストだけで、三十六人の犠牲者がでた。兵器試験場のひとつが完全に破壊され、バイオボーグ百四十体も一瞬にして塵と化した」

「不完全なの？」

「制御不能の欠陥兵器だよ」ヒンカピーは、まっすぐにあたしを見た。「ひとたび発動したら、もういっさい制御できなくなる。ギガースは、エネルギーが尽きるまでプロミネンスを撃ちつづけ、周囲にあるものすべてを完璧に破壊する。あるいは――」

「あるいは？」

「負荷に耐えきれず、ギガース自身が爆発する」

あたしは視線をガタライガンXに戻した。ほとばしるプロミネンスは、いよいよ激しい。光はさらに強くなり、数秒直視していただけで、目がちかちかしておかしくなる。床が裂けた。コンソールボックスが吹き飛んだ。壁が割れ、天井にずぼずぼと穴があく。

ドラスゴン（大）が後方に退った。さすがに前進などできない。あわてて距離を置こうとした。

それを数条のプロミネンスが追う。プラズマ流はでたらめに疾っているように見えるが、そうではない。確実に敵を捉え、その動きに対して、ガタライガンXはプロミネンスをつぎつぎに放っている。

そして。

一条のプロミネンスが、ドラスゴン（大）を直撃した。

圧倒的な一発だった。

プロミネンスの尖端が、ドラスゴン（大）の左肩に触れた。

と思ったつぎの瞬間。

プラズマの塊がドラスゴン（大）のからだを刺し貫いた。

肩が消滅する。燦く閃光の中で、穴のあいた肩がちらりと見えた。腕がちぎれ、弧を描いて飛ぶ。その腕が、空中で融け崩れる。

「があああっ」

ドラスゴン（大）が苦悶の叫びをあげた。バランスが崩れ、上体がななめに傾く。腰を曲げ、倒れそうになる。

そこへ。

もう一撃がきた。

今度は、腹部に命中した。

ずぼっと、プロミネンスがドラスゴン（大）をえぐった。からだのど真ん中だ。人間でいえば、おへそのあたり。そこを高熱プラズマの渦が一気に貫通する。

砕けた。

ドラスゴン（大）が、こなごなになった。

もともとは百体あまりのバイオボーグによる集合体だ。それがひとかたまりになり、身長二十メートル余の巨人を形成していた。

結合力を失い、バイオボーグがぼろぼろと床に落下する。プラズマに灼かれ、その多くが生体機能を停止した。落ちたバイオボーグはぐしゃっとつぶれ、平たくなる。それから、風化するように崩れ、四散する。

「百四十体のバイオボーグが塵と化した」

ヒンカピーは、さっきそう言った。これが、その現象だ。

ガタライガンXの正面から、ドラスゴン（大）が消えた。短い戦いだった。超強力な必殺技で、あっという間に終わった。ガタライガンXの圧勝となった。

ガタライガンXがプロミネンスをほとばしらせる。

おさまる気配はない。それどころか放出する頻度が増した。ほとんど間を置かずに、そこかしこに向かって高熱プラズマの帯を吐き散らしている。

「止まらないよお」

いまにも泣きだしそうなユリの声が、あたしの耳に届いた。

「そうみたい」あたしは答えた。

「ヒンカピーが言ってた。それ、一度使ったら、もう止まることはないんだって」

「そういうの、先に言ってよ」

「言う前に使っちゃったのは、あんたでしょ」

「ケイのいけずぅ」

　何をほざくか。

　プロミネンスが、四方八方に飛び交うようになった。ドラスゴン（大）が殪れて明確な攻撃対象がなくなってしまったので、ガタライガンXは、このホールそのものを破壊しはじめた。これも、ヒンカピーが言っていたとおりだ。前に暴走したときは、兵器試験場がひとつ完全に破壊されたんだっけ。たしかにこの威力なら、それくらいのことは簡単にやってのけられる。

「どうしよう？」

　ユリが訊く。

「ちょっといいか」

　ヒンカピーの声が割って入った。通信機の入出力レベルを微弱から通常モードに切り換えたらしい。これで、あたしだけでなく、ユリの声も聞くことができる。

「いいわよ」

　あたしが言った。

「ここから外にでよう」ヒンカピーは言った。

「この中に留まっていると、いずれプラズマに灼かれる。そうなったら、バイオボーグと同じ運命だ。グリヤージュの塵となる」

「そういえば」あたしは思いだした。

「あなた、軍に通報したと言ったわよね」

「言った」

「じゃあ、軍はここにくるの？」

「くるはずだ。艦隊を連ねて」

「軍にあのロボットを止めてもらうってのはどう？」

「無理だ」ヒンカピーはヘルメットごと首を横に振った。

「プラズマ・ストリームを発動したギガースを現有戦力で制圧することはできない。攻撃を加えたら、間違いなく返り討ちに遭う。それに……」

「それに？」

「たったいま、ギガースが地下のコントロールルームをガスに変えた。もう軍に情報を伝える手段がない」

「ねえ、軍ってなに？」ユリが訊いてきた。

「ギガースってのもわかんない」

ややこしい質問だ。こんなことに答えている時間は皆無である。どこにもない。

「あんた、黙ってて」あたしはユリを一喝した。

「死ぬか生きるかってときよ。そんなの、いま知らなくてもどうってことない」

「そんなぁ」

「死ぬか生きるかというのは事実だ」また、ヒンカピーの声が割りこんだ。

「可能なら、すぐにコクピットから脱出しろ。でないと、おまえはそこに閉じこめられる。この状況がつづくと、すべてのシステムが変調をきたし、あらゆる操作系がロックされた状態になる。そうなったら、おしまいだ」

「ぎえー」

泣き声とも悲鳴ともつかぬユリの絶叫が響き渡った。

でもって、そのすぐあとに。

「脱出装置が動かなーい」

絶望的な言葉がつづく。脱出装置って、あたしがコクピットからでるときに使ったあれだ。あれが動作しなくなった。

「シート裏に収納されている宇宙服を着て、コクピット前面の装甲パネルを手動ではねあげろ」ヒンカピーが言った。

「操作スイッチはスクリーンの右横だ。そのスイッチは、絶対に動く」

「はねあげて、どうするのよ？」ユリが半べそで訊いた。

「こっから飛び降りたら、プロミネンスに灼かれちゃう」

「みぎゃっ」

とつぜんムギが、あたしの横にきた。自分の出番だという顔をして、あたしに視線を向けた。

「大丈夫！」自信満々のクァールを見て、あたしは言った。

「ムギがなんとかしてくれる」

困ったときのムギ頼みってやつね。うちらの得意技である。

「ムギなら信じるわ」

ユリが言った。なんだよ、「ムギなら」って。

「がうっ」

短く咆えて、ムギがダッシュした。発光し、無数のプロミネンスを噴出させているガタライガンXに向かい、最高速で走りだした。

「やるわよっ！」

ユリが叫んだ。

ぼんっ。

小さくはぜるような音がして、まぶしく光るガタライガンXの腹部がひらいた。装甲パネルがはねあがり、そこだけ矩形に光が掻き消えた。

ムギが跳ぶ。ふわりとジャンプする。

ガタライガンXの脚部を足場として利用した。ほとばしるプロミネンスをかわし、ムギは素早く高度をあげる。

「きゃあっ」

やたらうるさい金切り声とともに、ユリが宙に身を躍らせた。黒い影がロボットの腰上あたりに出現した。その影に、べつの影が交差する。

ムギだ。絶妙のタイミングで、ムギがユリのもとに至った。

真紅のプロミネンスが、影の上に重なった。あたしの視界から影が失せた。

「ナイスキャッチ！」

ひとりと一頭の無事を知らせたのは、なんとも気の抜けるユリの一言だった。

巨竜のごとくうねっているプロミネンスの奔流を跳び越え、ムギがあたしたちのところへと戻ってきた。背中に簡易宇宙服をきたユリがまたがっている。ガタライガンXはプロミネンスの放出をやめない。敵がいなくなり、操縦者が脱出しても、無差別攻撃を続行している。

「敵を徹底的に探して掃討作戦をつづけるのだ。すごいだろう」

ヒンカピーが言った。

ぜんぜんすごくない。迷惑なだけである。

「死ぬかと思ったよお」

ユリが、ムギの背中から降りた。

さすがのユリも、消耗しきっていた。

7

退避通路に飛びこんだ。

地下研究所から地上にでるための緊急避難ルートだ。

「ここを通ると、ドームの外に直接でることができる」

ヒンカピーが、そう言った。

ホールの隅、壁の一角に、その入口はあった。ＩＤカードでロックを解除し、扉を手動であけた。

狭い通路だ。幅一メートル。高さは二メートルちょっと。人ひとりがようやく通過できるサイズだね。すぐ近くに迫った壁と天井とで、圧迫感が強い。長身のヒンカピーは、首をすくめて歩を運ぶ。

通路は、途中から階段になった。エスカレータではない。足で登る階段だ。しかも、やたらと長い。地上に向かって、えんえんとつづいている。

ひたすら登った。

ひいひいとあえぎながら登った。

ったく、なんて原始的な避難ルートなんだ。予備電源かなんかを使って、歩かないですむようにつくっとけよ。つい心にもなく罵ってしまう距離である。

どれくらい登ったんだろう。

宇宙服の中で全身汗だくになり、膝ががくがくと震え、ふくらはぎが痙攣し、脈拍が五百以上にあがって意識がすうっと遠くなりはじめたころ。

「着いたぜ」

ようやく、ヒンカピーが朗報を口にした。

見上げると、階段が行き止まりになっている。右側の壁にあるスロットにヒンカピーがIDカードを挿しこんだ。天井にあたる部分が、すうっと横にスライドした。

矩形の穴をくぐると、そこはエアロックになっていた。空気をゆっくりと抜き、それから外に通じる扉をひらいた。

グリヤージュの地表は岩だらけで、ごつごつとしていた。周囲は意外に明るい。頭上に、巨大惑星エクラゼが茶褐色の輝きを放ってどかんと鎮座している。でかい。天空のほとんどがエクラゼに覆われてしまっているかのように感じる。観光でここにきたのなら、けっこう感動しそうな光景だ。

あたしは、視線を背後に移した。そこに研究所のドームがあった。ユリが上体をムギにもたせかけ、はあはあと肩で息をしている。ドームはそんなに近くない。二キロくらい向こうだ。てえことは、あたしたち、本当に長い距離を歩いてきたんだ（しかも、登りの階段である）。全身だるだるになるはずね。途中で遭難しなかったのは奇跡と言っていい。こんな状況でなかったら、登りきるまでに二泊はしているよ。ふつー。

「ねえ」おもてをあげ、ユリが言った。

「これからどうするの？」

ヒンカピーに向かって、訊いた。

「軍の到着を待つ」ヒンカピーは答えた。

「たぶん、あと数分でくるんじゃないかな。いいタイミングで外にでることができたから」

「どっかにリラックスできる施設はないの？　こんなとこで……」

突っ立ってるのはいやよ、とあたしはつづけようとした。しかし、その言葉はあたしの口からでてこなかった。

ふいに、扉が吹き飛んだ。

階段の行手をふさいでいた扉だ。エアロックにつながっているやつ。ムギがでたあと、数秒後に自動的にしまった。

その扉がぐにゃりとねじ曲がって飛びあがり、宙に舞った。音はない。グリヤージュの地表はほぼ真空だ。低重力なので、スローモーション映像のように合金製の扉が弧を描き、落下する。

ヒンカピーが体をひるがえした。あたしもちょっと身構えた。ムギは殺気立った。ガタライガンXから降りて、何か憑き物が落ちたかのようにいつもの状態に戻ったユリは、ただぼおっとその場に突っ立っている。

扉がなくなってあいた穴から。

誰かがでてきた。

ああ、またすごくいやな予感がする。

腕が伸びた。頭があらわれる。人間だ。いや、人間の姿をしている。

バイオボーグ。

しかも、それは。

フローラだった。

その肉体は、ぼろぼろだ。プラズマ・ストリームを浴びて受けたダメージは、けっして小さくない。顔の半分がえぐりとられている。脇腹にも深い傷があり、左脚も膝から下をもぎとられている。

凄絶。

そうとしか言いようがない。バイオボーグは体構造など、人間と変わりなくつくられ

ているので、露出している骨や筋肉、内臓などが、それはもうリアルだ。むろん、全身血まみれである。人間なら、当然、身動きなんかできない。というか、とっくに息絶えている。でも、バイオボーグは違う。こんなふうになっても、動く。生命を保ち、真空中でも宇宙服を必要としない。

「…………」

ムギが、あたしたちの前にでた。牙を剝きだして、うなっている。何も聞こえないけど、間違いなく怒りの咆哮をフローラに向かって叩きつけている。

「さすがはダーティペアね」

通信機からフローラの声が響いた。ひどく濁った、ノイズのような声だ。が、それはたしかにフローラの声である。

「あんたも、さすがにバイオボーグ」あたしは言葉を返した。

「よく、あの状況から生き延び、ここまで追ってきたものだと思うわ」

「最後の執念よ」フローラは左半分しか残っていない口に、すさまじい微笑を浮かべた。

「意地を見せなきゃ、わたしの気がすまない」

「気をつけろ」ヒンカピーが言った。

「こいつは爆弾を呑みこんでいる。いつ爆発しても、おかしくない」

げ。自爆テロなの。距離、五メートルと離れていないよ。

あたしの腰が引けた。ここまできて、自爆に巻きこまれるなんて、最低だ。せっかく人類が滅亡してないってこともわかったのに。

フローラがくる。あたしたちに向かって、足を一歩踏みだす。

「！」

ムギがダッシュした。

ふわっと跳び、瞬時にフローラの真正面へと至った。

フローラの腰に嚙みつく。鋭い牙が、彼女の皮膚を裂き、肉に食いこんだ。

ムギは首を振った。全身を大きくたわめ、思いっきり反動を使って、首をななめ上方へと振った。

あごをひらく。

フローラがムギから離れた。回転しながら、飛んでいく。角度は四十五度。みごとに放りだされた。ムギ、えらい。ムギ、うまい。

三十メートルくらい飛んで、フローラは地表に落ちた。爆発する。そう思って、あたしたちは反射的に身を伏せた。ユリだけが棒立ちである。

しかし、フローラは爆発しなかった。起爆寸前だったはずだが、ぎりぎりのところで、それを強引に止めた。

起きあがる。頭から落ちて、首があらぬ角度で曲がっているけど、そんなの、ぜんぜん気にしない。二本の腕でからだを支え、まだこちらへ這い進もうとする。
「逃げろ」ヒンカピーが言った。
「とにかく距離をとれ」
そのとおりだ。徒手空拳のあたしたちにできるのは、それしかない。
あたしはきびすを返した。膝を折り、思いーーーーっきり、ジャーーーーーーンプ！
光が疾った。
「えっ？」
爆発の光じゃない。天空を切り裂く糸のように細いビームだ。
あたしは、背後を見た。
数条のビームが雨のように地表へと降りそそいでいる。
その標的は。
フローラだ。
ビームが、フローラを射抜いた。
と同時に、火球が生じた。赤い光が、あたしの視野を占拠した。
今度は爆発の光だ。
ビームに撃たれ、フローラが爆発した。
誰よ？　撃ったの。

「快速戦闘艇！」

ユリがなゝめ上を指差した。あたしは、その先に目をやった。

飛んでいる。あたしたちがここにくるときに使ったのと同じ快速戦闘艇が。

「きたぞ」ヒンカピーが言った。

「サルシフィ宇宙軍の艦隊が到着した」

間に合ったのだ。救援部隊が。

ヒンカピーは、バイオボーグの覚醒を軍に通報した。軍は艦隊とともに、バイオボーグを捕捉するセンサーを備えた快速戦闘艇をグリヤージュに派遣した。そして、そのセンサーが瀕死のフローラを捉えた。

あたしはさらに天を振り仰ぐ。

惑星エクラゼを背景にして、何十隻という戦闘艦の艦隊が、そこにひしめいていた。

地上降下が可能な小型艦ばかりだが、とにかく、その数がすごい。しかも、艦隊は数百機単位で快速戦闘艇を射出した。それがまた、うんかのごとくドームの上を旋回している。いや、びっくりだわ。バイオボーグって聞いたら、こういう規模で出撃させちゃうのね。

と、感心した直後だった。

またまたまたまた光が広がった。

とてつもない巨大閃光。

ドームだ。

ドームが丸い光に包まれた。

その光の塊の中から。

べつの光が放射状に噴出する。渦を巻く帯状の光。怪蛇のように激しくうねっている。

あれは。

あれは、ガタライガンXのアルチメット・ハイパフォーマンス・スーパーノヴァ！

「ギガースが艦隊の接近を感知した」つぶやくように、ヒンカピーが言った。

「やつにとって、あの艦隊は友軍として登録されていない戦力……すなわち敵だ。だから、迎撃するために地上まであがってきた。すごいだろう。この能力」

ヒンカピーは首をめぐらし、あたしを見た。

すごくないっ。そんな能力、ぜんぜんすごくない。とくに、いまはすごくないっ。

通信機をオンにした。出力を最大にセットする。快速戦闘艇は低空を遊弋している。

この距離なら、通信管制をかいくぐって電波が届くかもしれない。

「誰でもいい。応答して！」

あたしは叫んだ。

「誰だ？」

応答があった。戦闘艇からだ。雑音がひどいけど、ちゃんとやりとりができる。

「こちら、WWWAのトラコン。ドームにはギガースがいる。プラズマ・ストリームを発動中。近づいちゃだめ」

「WWWA?」

「そうよ!」

ぶつっ。

いきなり交信を切られた。

「嘘だと思っている」ヒンカピーが言った。

「バイオボーグからの通信と判断されたんだ。あいつらが大嘘つきなのは、関係者ならみんな知っている。WWWAのトラコンになりすますくらい、わけがない」

ううう、嘘ですってえ!

「ばかあ」あたしは怒鳴った。

「信じろ。あほう!」

ドームが割れた。十数条の光の柱が、ドームを一気に吹き飛ばした。

ガタライガンXが宙に躍りでた。背中でライトニングブースターが炎を吐いている。

全身を白く強烈に輝かせ、正義のロボットが悪辣無比の大艦隊に最後の決戦を挑む。

なんてわけないでしょ。

プラズマ・ストリームが渦を巻いた。

瞬時に、戦闘艦が蒸発した。一隻二隻の単位じゃない。十隻単位で戦闘艦、快速戦闘艇が消える。爆発し、塵やらガスやらになる。

「ああああああ」

あたしは声もない。

ガタライガンXが上昇した。そのあとを無謀にも、まだ無傷の戦闘艦や快速戦闘艇が追っていく。ガタライガンXの行手には、たぶん、艦隊の主力がいる。戦艦や巡洋艦の一群だ。惑星国家サルシフィの誇る大連合艦隊。

へたへたと、あたしはその場にすわりこんだ。

全身の力が抜ける。

「爆発するわ。ガタライガンX」静かにユリが言った。

「もう動力の反応が臨界に達している」

「そうだな」ヒンカピーがうなずいた。

「前代未聞の大爆発が見られるぜ」

そのとおりだった。

予測はすべて、完璧に的中した。

エピローグ

サルシフィ宇宙軍の連合艦隊は、ほぼ全滅した。

戦艦二隻轟沈。巡洋艦六隻轟沈。駆逐艦二十三隻轟沈。快速戦闘艇二百三十七機消滅。大破した戦艦、巡洋艦、各一隻。戦死者四千二百名以上。負傷者たくさん。詳細は現在調査中。

ガタライガンXはプラズマ・ストリームで戦闘艦の三割を破壊したあと、連合艦隊のど真ん中でみごとに爆発した。本当に桁外れのスーパー巨大ロボットだったのね。とんでもない量のエネルギーを放出し、艦隊を根こそぎ粉砕した。あとに残ったのは、無数の破片と、茫漠たる宇宙の闇だけ。

すべてが片づいて、あたしたちはいろんなことを知った。

グリヤージュの研究所とは、封鎖された軍事施設だった。

そこでは極秘裏にバイオボーグと呼ばれる人工生命体がつくられていた。バイオボーグがどういうものかは、フローラの言ったとおりだった。

クローニングによって産みだされたミュータントをサイボーグ化した人造生物。それを開発したのは、サルシフィ宇宙軍所属の生化学研究部隊だった。ヒンカピーもその一員である。

ある日、生みだされたバイオボーグたちが研究所内で叛乱を起こした。理由はわかっていない。でも、想像できる。人工生命体だって、自我がある。自我があれば、こんな扱いに我慢できるはずがない。かれらはただの道具だ。戦車やレイガンと同じ。人格はいっさい認められず、兵器として使い捨てにされる。それも、自分たちより能力的にはるかに劣る下等な生物、人類によって。

しかし、叛乱は失敗した。バイオボーグの管理兵器であるマフーに追われ、保存タンクに閉じこめられた。そして、そこに満たされた薬液で生体活動を止められ、休眠状態に陥った。ただひとり、フローラを除いて。

フローラは、地下研究所からの脱出に成功した唯一のバイオボーグだった。仲間のバイオボーグがおとりになり、彼女を逃した。

グリヤージュを離れたフローラは、放棄された小惑星の基地にもぐりこんだ。

叛乱の起きる少し前、軍はバイオボーグ開発計画の凍結を検討していた。政府の許可なく進められていたバイオボーグ開発をはじめとする極秘軍備増強計画すべてが、軍内部の勢力争いによって暴露されそうになっていたからだ。マフー、ギガース、バイオボーグ。それらはみな、軍が独自に立案し、予算を不正流用して完成をめざしていた究極の兵器である。この計画が明るみにでたら、サルシフィ宇宙軍が大きく揺らぐ。へたをすると、軍幹部全員が責任を問われ、辞職を求められることになる。それどころか犯罪行為として訴追され、弾劾される恐れも十分にある。

隠蔽工作がはじまった。

まず軍事活動の制限によるという理由で通信管制が徹底された。近辺の小惑星にある基地も閉鎖された。ただし、民間の宇宙船がグリヤージュ周辺を航行する自由は残した。それを禁じると、政府に怪しまれる。

そういった作業のさなかに、バイオボーグの叛乱は起きた。隠蔽工作に要員が割かれ、警備が甘くなっていたことが、そのきっかけになった。

研究所では、激しい戦闘がおこなわれた。第二階層は研究員の居住区画だった。そこでは多くの科学者、兵士がバイオボーグによって殺された。火災が発生し、フロアのほとんどが黒焦げになった。

ヒンカピーはあやういところで、難を免れた。ひとり、パニックルームに飛びこんで、バイオボーグの攻撃をかわした。

叛乱鎮圧後、グリヤージュは当初の隠蔽工作の予定どおり、完全封鎖された。

ヒンカピーはパニックルームからでられなくなった。

衛星全体の封鎖を急いだ軍当局は、ろくに研究所内部を調査することなくその作業を完了させた。ヒンカピー自身も、パニックルームからでる気をなくしていた。でたら、バイオボーグとでくわすかもしれない。情報を遮断されたため状況がわからなかったが、よしんば叛乱がおさまっていたとしても、軍はこの研究所の所員を必ず生贄にする。極秘計画の全責任を所員に押しつけ、自分たちは身の安全を計ろうとする。ヒンカピーはそのままパニックルームで果てることすら考えていた。そこへ、あたしたちがやってきた。

あとはもう、この有様だ。馬鹿なことをしたツケは、すべてサルシフィ宇宙軍がかぶることになった。救難信号を発して冷凍睡眠に入ったあたしたちを誰よりも早く発見し、小惑星の基地につれてきて解凍、ほら話を吹きこんで仲間の救出に利用しようとしたフローラの奮闘は、それなりに効を奏したと言っていい。少なくとも、相討ちくらいにはなったと思う。

ところで、あたしたちは実際、どれほどの期間眠っていたのだろう。

それは、サルシフィ政府の派遣した救助艦に収容されてすぐにわかった。

五百時間である。

そう。標準暦換算で、たったの二十日間。

これのどこが百五十三年なのよ。ううん。どこが三百万年よ！

ヒンカピーが言っていたように、バイオボーグは天性の嘘つきだった。これは比喩や言いまわしで、そのように表現しているのではない。事実だ。人間そっくりなのをいいことに、敵の中に入りこみ、内部から攪乱工作をする。そのため、バイオボーグはDNAレベルでそのように属性設定されていた。いわゆるプリテンダーってやつである。ある人物になりきって嘘をつく。口からでまかせを平然と語る。もちろん、どんなに精巧につくられた嘘発見器《ポリグラフ》も、それを見抜くことができない。バイオボーグが語るとき、それはすべて真実となっているから（複製したと、フローラが言っていたあたしたちのコスチュームやブレスレット。あれも大嘘だった。回収時に外したものを、そのまま返しただけだった）。

いろいろ調べられたけど、とりあえず、あたしたちは罪を問われずにすんだ。バイオボーグの嘘に振りまわされただけの犠牲者ってこともあったし、最後の最後でギガースに関する警告を艦隊に対して発したことも大きく考慮された。艦隊の全滅は、それを無視した兵士、その上官たち、ひいては艦隊司令官にも責任がある。そう認められた。

無罪放免となったので、あたしたちはさっそくWWWAに連絡をとった。サルシフィ政府から滞在先として提供されたホテルでハイパーウェーブの端末を借りた。WWWA

相手の公用通信である。一般回線では接続できない。WWWAは冷たかった。あたしたちがサルシフィ政府によって厳しく訊問されているというのにそれを完全に無視した。誰もあたしたちのもとに派遣してくれない。ふつうは誰かよこすんじゃないの。上司とか弁護士とか、対策責任者とか。でも、事務員ひとりこなかった。このままだと、本部に帰るのも、自分で航宙チケットを買い、定期便のエコノミークラスで戻ってこいなんて言われかねない。さすがに、それはちょっと願い下げだ。あたしたち、銀行口座の数字に事欠いているのよ。

端末の通信スクリーンに、ソラナカ部長の顔が映った。

久しぶりに見る部長の顔だ。ぜんぜん変わっていない。って、当り前だね。オフィーリア事件で本部を出発してからひと月も経っていないんだもん。でも、百五十三年くらい見ていなかったような気がしちゃうのが不思議。そういえば、部長はあたしたちがオフィーリア事件の担当者に選ばれたことに激しくぶうたれていたなあ。

「はーい、ぶちょー」

あたしはスクリーンに向かって右手を挙げた。

「お元気そうで、なによりでーす」

ユリも精いっぱい得意のぶりっ子を演じた。

だが、部長はにこりともしない。むすっとして、口をへの字に曲げている。なんだか、顔色もよくなさそう。

「オフィーリア事件のあれ、あたしたち悪くないですよぉ」

左右の手で小さく拳を握り、それを口もとに寄せて、ユリが首をぷるぷる振りながら言った。

「わかっている」

地獄の底から響いてくる悪魔の咆哮もかくやという声で、部長は応じた。

「わかってるんですかあ？」

「ああ」部長は小さくうなずいた。

「〈ラブリーエンゼル〉のシステムデータレコーダが惑星オフィーリアめがけて射出されていた。WWWAはそれを回収し、記録されていた情報を徹底的に解析した。艦隊全滅は、〈ラブリーエンゼル〉に潜入していた異種生命体が原因であると認定された。システムの汚染も、オフィーリア当局の警備と、宇宙港管理システムの不備が主因であると結論された。おまえたちに責任はない」

「わあい」

胸の前で指を組み、ユリが瞳をきらきらと輝かせた。

「やっぱ、部長ですぅ」あたしも言った。

「部長があたしたちを守ってくださるから、あたしたちもいい仕事をきちんとすることができるんですぅ」

「しかし、今回は違うと思うぞ」

部長の頬がぴくりと跳ねた。

「違うぅ？」

あたしとユリは互いに顔を見合わせた。

「うしろめたいこともあり、サルシフィ政府はおまえたちの言い分を容れたようだが、わたしはぜんぜん納得していない」

「…………」

「ギガースとかいう大型人型ロボットの搭載兵器が暴走したそうだな」

「そうなんですぅ。あたし、なんとかそれを止めようとしたんですぅ」

ユリがスクリーンに向かって身を乗りだした。

「その兵器、使う前に警告が表示されなかったか？」

「ぎく」

「テストされていない兵器だと、告知されなかったか？」

「そ、それは――」

ユリがしどろもどろになった。あたしは即座にそっぽを向いた。

「きみたちが三百万年眠っていなかったことが残念でならない」部長は言葉をつづけた。

「できれば時間を戻し、またきみたちを脱出カプセルの中に入れることができたらと切実に思う」

「あのう、部長」

おずおずとあたしが言った。話題を変える。これ以上、部長に好き勝手話させておくと、ろくなことにならない。

「あたしたち、いつ本部に帰れるんです？」あたしは、できるかぎりかーいらしく訊いた。

「迎えの宇宙船がくるとか、新しい専用宇宙船がサルシフィまで回航されてくるとか、そういうことがあるんでしょうか？」

「わたしは、いい方法を思いついた」目を細め、あごを少しあげて、部長はあたしたちを見た。

「まもなく、そこに冷凍睡眠カプセルが届く。きみたちはその中に入り、星間宅配便で本部に帰ってくる。それでどうだ？」

「そのカプセルって、もしかして……」

今度は、あたしの頬がひくひくとひきつった。

「特別製だ。睡眠期間を三百万年にセットしてある」部長は、さらりと言った。

「なに、気にすることはない。眠ってしまえば三百万年なんて一瞬だ。きみたちも五百時間と百五十三年の区別がつかなかったんだろ。時間の経過なんて、そういうもんだよ」

「ぶちょー！」

「手配はもう完了した。届くのを楽しみに待っていてくれ」

「ぶちょー！」

「三百万年後の世界で、好きなことを好きなだけやるんだな。なんなら、宇宙をまるごと壊してしまってもいいぞ。不問にしてやる」

「ぶちょー！」

「じゃあ、お別れだ」

部長が消えた。スクリーンがブラックアウトした。

「ぶちょーぉぉぉぉ」

あたしたちは、ただ絶句。

電子音が鳴った。

通信スクリーンにホテルの従業員が映った。

「たったいま、おふたりにＷＷＷＡから貨物が届きました」

従業員は淡々と言った。

まさか。

あたしの背中を冷たいものが流れた。

「大型貨物なので、保管場所がありません」

まさか。

ユリは、あたしの横でからだを硬直させている。

「中身は冷凍睡眠カプセル二組です。どちらにお運びしましょう？」

「！」

あたしは、腰のホルスターからヒートガンを抜いた。

ユリもレイガンを手にした。

ふたり同時に通信端末を撃った。

端末が火を噴く。画面が砂嵐状態になった。

「どうする？」

ユリが訊いた。

「やるしかないわ」

あたしはきっぱりと答えた。

「ええ」

ユリがうなずく。

「あたしたち、復活したのよ」

音高くシートを蹴とばし、あたしは立った。

「しかも、おとがめは皆無」

「なのに、なんでこんな仕打ちを受けなくちゃならないの」

「許さない」

「なしつけるわ」

「とーぜんでしょ」

ふたり並んで歩きだした。もちろん、ムギも一緒だ。

気分は、決闘に赴く西部劇の保安官である。

行手に待つのは、天国か地獄か？

とりあえず、宇宙港に向かう。

でも、その前に航宙チケットを買わなくてはいけない。

買えるのかしら？

リボ払いになるな。

あたしは、そう思った。

本書は、二〇〇四年八月に早川書房より単行本
として刊行された作品を文庫化したものです。

著者略歴　1951年生，法政大学社会学部卒，作家　著書『ダーティペアの大冒険』『ダーティペアの大逆転』『ダーティペアの大乱戦』『ダーティペアの大脱走』『天使の憂鬱』（以上早川書房刊）他多数

HM=Hayakawa Mystery
SF=Science Fiction
JA=Japanese Author
NV=Novel
NF=Nonfiction
FT=Fantasy

ダーティペア・シリーズ〈5〉

ダーティペアの大復活《だいふっかつ》

〈JA876〉

二〇〇七年一月二十日　印刷
二〇〇七年一月三十一日　発行
（定価はカバーに表示してあります）

著者　高《たか》千《ち》穂《ほ》遙《はるか》
発行者　早川　浩
印刷者　矢部一憲
発行所　株式会社　早川書房
郵便番号　一〇一 - 〇〇四六
東京都千代田区神田多町二ノ二
電話　〇三 - 三二五二 - 三一一一（大代表）
振替　〇〇一六〇 - 三 - 四七七九九
http://www.hayakawa-online.co.jp

乱丁・落丁本は小社制作部宛お送り下さい。
送料小社負担にてお取りかえいたします。

印刷・三松堂印刷株式会社　製本・株式会社明光社

ISBN978-4-15-030876-6 C0193